Anton Wildgans

KIRBISCH

Anton Wildgans

KIRBISCH

ODER
DER GENDARM,
DIE SCHANDE
UND DAS GLÜCK

EIN
EPISCHES GEDICHT

Zeichnungen
ERHARD STÖBE

Nachwort
FELIX MITTERER

VERLAG STYRIA

Erste Episode:

Der Gendarm

Erster Gesang

Und wenn ich nimmer wiederkehr'
Zu Weib und Kind,
Gottes Güte ist wie das Meer,
Gottes Gnade ist wie der Wind,
Treibt jedes Schifflein vor sich her,
Bis daß es seinen Hafen findt.
Lebt wohl, Weib und Kind,
Wir sehen uns nimmermehr!

„ … Übelbach heisst die Gemeinde am Hang des gewaltigen Volland … “

Übelbach heißt die Gemeinde am Hang des gewaltigen Volland,
Wo die Geschichte von Schande und Glück des Gendarmen sich zutrug.
Volland nannten die Väter verschollener Läufte den Teufel,
Und so erzählt auch die Sage von jenem Ursteingebirge,
Daß es der Luzifer sei, der Engel des Aufruhrs, den Gottes
Machtspruch aus Himmeln verstieß, und hierlands fiel er zur Erde.
Aber im rasenden Sturz durch den Weltraum erstarrte der Riese,
Arme, Schultern und Haupt verwühlten sich tief in die Scholle,
Ragend verblieb nur der Rücken und *eine* der steinernen Flanken,
Hinter der noch zu Zeiten das wilde, unsterbliche Herz schlägt.
Immer wieder im Lauf der Jahrhunderte hören erschaudernd
Bauern, Fäller und Jäger das unterirdische Pochen,
Dann steht Unheil bevor: die Pest, ein Krieg oder Mißwuchs,
Große Sterbe von Vieh oder gar der Jüngste Gerichtstag.
Sonst doch ward in der Gegend vom Walten übler Dämonen
Niemals die Kunde beredt. Weltabgeschieden und friedlich,
Südliche Hänge hinan, versammeln die Häuser und Höfe
Sich um das uralte Kirchlein, dem ruchbar ein Gnadenbild inwohnt.
Friedlich umbreiten Wiesen, umdunkeln Forste die Siedlung,
Von einer Straße durchquert, auf der schon die Römer gezogen.
Friedlich, doch rüstigen Schlages, sind dort auch die Männer und Frauen,
Wenn auch bälder verbraucht als die Menschen im milderen Flachland.
Denn die Arbeit ist hart im Gebirge für beide Geschlechter,
Trotzig wehrt sich die Erde dort wider die Pflugschar, der Winter
Frostet früher und dauert länger, es schaden die Güsse
Mehr den *geneigten* Äckern, und häufiger züchtigt der Hagel.

Nun aber, da die Geschichte von Schande und Glück des Gendarmen
Anhebt, ist Frühlingsbeginn in den später erwachenden Bergen
Und der Abend des Tags vor dem heiligen Feste Fronleichnam;
Und so begegnen wir auch als erstem am Orte dem Pfarrer.

Dort, wo über dem Dorf als Vorwacht der oberen Wälder
Einsam, verwettert und alt, eine mächtige Fichte emporragt –
Fromme Bilder verzieren den Stamm, und ein brüchiges Bänkchen
Lädt zu erquickender Rast im Anblick unendlicher Fernen –,
Tritt er soeben hervor, der Hirte der ländlichen Seelen.
Hager und blaß, wie man Heilige bildet, und wohl auch ein wenig
Müde von Mühe und Hast des allzu beschleunigten Abstiegs,
Hemmt er den schwereren Schritt der grobgenagelten Schuhe,
Läßt sich nieder, trocknet die Stirne und ruft mit dem ersten
Wiedergewonnenen Atem zurück in den erlenumbuschten
Hohlweg: „Cordula, Vitus! Zu mir her! Und ruht noch ein wenig,
Eh ihr die köstliche Last bei mir im Pfarrhof versorget!“

Und schon ertönte von nahenden Tritten, von leichtern und schweren,
Loses Gerölle des Weges, der hoch von den Almen zum Dorf führt,
Und ein seltsames Paar betrat den Platz bei der Fichte:
War es der Frühling selbst oder gar der Unsterblichen eine,
Die da in Züchten erschien, gefolgt von einem Geschöpfe,
Das einem Satyr glich? Eine purpurn-blühende Tracht von
Alpenrosen, gepflückt auf den Hängen und Matten des Volland,
Trug sie im linken Arme, indessen die Rechte der Göttin
Kräftig den herrlichsten Strauß von Frühlingsblumen umspannt hielt.
Cordula war es, die Schenkin vom Gasthaus zum Störrischen Engel,
Welches *so* mit Bedacht auf die Vollandlegende benannt war,
Und ihr folgte, gebückt von der Korblast duftenden Reisigs,
Vitus, der Knecht in bemeldeter Wirtschaft, die Einfalt des Dorfes.

Da erhob sich der Pfarrer und schlug wie ein schelmisch vergnügter
Junge laut in die Hände und sprach mit leuchtenden Augen:

„Wirklich, ihr habt es geschafft, ihr beiden grundgütigen Seelen,
Und ich kann euch nicht sagen, wie fröhlich und frei mir ums Herz ist
Jetzt, da die Sorge vorüber, womit wir morgen die Kirche
Schmücken sollen zum Umgang! Indessen das Schönste von allem
Bleibt der Gedanke doch selbst, der deinige, Cordula: Blumen,
Wie sie der Frühling uns gibt, zur Zier des Altares zu nehmen!
Ist doch nach unserem Glauben der liebe Fronleichnam nicht anders
Denn als das Frühlingsfest der christlichen Welt zu verstehen.
Wie sich nämlich im Lenze die Erde aus dinglicher Starre
Löset und wie sich aus Schnee und aus eisiger Kruste der Scholle
Blühendes Leben erweckt in ewiger Wiederkehr, also
Wirkt auch die Gnade im heiligen Sakrament des Altars die
Wandlung des Brots und des Weins in den Leib und das Blut Jesu Christi.
Und dies *ist* ja das Wunder, das wir am Fronleichnam verehren!
Nun aber, macht euch's bequem! Du, Cordula, ordne die Blumen,
Daß mir kein Stämmchen verdirbt! Und *du* auch setz deine Last ab,
Selige Armut im Geist! Du trugst ja der frommen Beschwerde,
Derer wir heute uns freudig um Gottes Lohn unterwanden,
Wahrlich den härtesten Teil, wiewohl ich auch Cordula lobe,
Welche hinwieder vollbrachte, was manchmal beinahe Gefahr war,
Denn sie gedeihen ja nicht am Wege, die köstlichen Blumen!"

Und der Herr Pfarrer trat zu Vitus und war ihm behilflich,
Arm um Arm zu entwinden den Gurten des ächzenden Tragkorbs,
Klopfte den Knecht auf die Schulter und gab ihm zum Lohn eine Prise
Sorglich gesparten Tabaks, den er immer für andre bei sich trug.
Jener aber empfing beseligt grinsend die Gabe,
Stopfte mit klobigen Fingern die schwärzlich verwitterte Pfeife,
Hockte sich abseits ins Gras und sog den belebenden Qualm ein.

Cordula aber, die längst schon dabei war, die Blumen zu ordnen,
Lächelte unter der Arbeit, dem Pfarrer erwidernd: „Hochwürden,
Gerne hab' ich geholfen und, ehrlich gestanden, nicht *nur* um
Unseres Herrgotts Lohn und Ihnen zuliebe, Herr Pfarrer!

Wer so das ganze Jahr, vom Morgen bis tief in die Nacht, nichts
Anderes hört und sieht als Kasse, Küche und Keller,
Kriegt schon von selber die Lust, bisweilen ins Freie zu kommen.
Wenn es sich dann aber fügt und niemand sich findet, der mittut,
Ist man von selber zu müde und hat dann noch immer genug mit
Flicken und Waschen zu tun, und manchmal muß man auch schreiben.
Freilich in letzterer Zeit ist das Schreiben selten geworden.“

„Selten?“ forschte der Pfarrer behutsam. „Ja, hast du so lang schon
Keinerlei Nachricht bekommen?“ Da wurde Cordula traurig,
Hielt in der Arbeit inne und senkte die Stirne und sagte:
„Schon drei Monate lang keine Karte, kein Brief, keine Zeile!“
Und es wollte soeben der Pfarrer des näheren fragen –
Denn er wußte davon, daß das Mädchen heimlich verlobt war –,
Als, von den Almen herunter in Eile sich nähernd und endlich
Nahe im Hohlweg, Gesang und entschiedene Schritte ertönten.

Und schon stand er vor ihnen, der Schutzhauspächter vom Volland,
War ein Mann an die Fünfzig und trug einen ärmlichen kleinen
Koffer aus schwärzlichem Holz in der Linken am Griffe aus Rebschnur,
Rucksack und Mantel am Rücken und, leicht in der Rechten, den Bergstock.
Aber den grünlichen Filzhut, geschmückt mit dem Stoße des Spielhahns,
Hatte er üppig umkränzt mit Schlüsselblumen und Veilchen,
Daß es beinahe so schien, als ging’ er zu Tanz oder Hochzeit.
Freundlich dankte der Pfarrer dem Gruße und fragte gemütlich:
„Thomas, wohin denn so eilig und gar so munter gelaufen?
Habt Ihr im Lotto gespielt und fahrt in die Stadt um den Treffer?
Oder suchet Ihr *mich* auf und habt mir von Euerem Weibe
Freudige Nachricht zu bringen? Schon wieder am End’ eine Taufe?“

Also scherzte der Pfarrer, doch Thomas versetzte bescheiden:
„Jetzt wird nimmer getauft, zum mindesten nimmer mit Wasser,
Sondern mit Feuer, Herr Pfarrer, und ich bin selber der Täufling.“
„Thomas, *Ihr* in den Krieg? Ein Vater von dreizehn Kindern?“

Und der Pfarrer erhob sich und schaute dem Mann in die Augen.
Dieser doch nickte verlegen und wich dem erschütterten Blick aus,
Schwieg eine Weile vor sich hin und sagte dann ruhig und einfach:
„Hilft ja kein Lamentieren. Was sein muß, Herr Pfarrer, das muß sein!"

„Thomas", entgegnete ihm der Pfarrer, nachdem er sich wieder
Etwas gesammelt hatte: „Weiß Gott, Ihr nehmet es tapfer!
Doppelt und dreifach tapfer als Mann von Eueren Jahren!
Seid Ihr der Jüngste doch nicht und habet so viel zu verlassen.
Aber, was *sein* muß, das *muß* sein! Wie oft hab' ich dieses vernommen!
Damals schon, da es begann und uns die Ersten verließen,
Alle die Männer und Burschen, das viele blühende Leben!
Als wir ihnen zum Bahnhof das letzte Geleite gegeben,
Diesen Abschied vergesse ich nie, solange ich lebe.
Waren's am Ende doch *sie*, die *uns* noch, die Tröster, getröstet!
Denn was *sein* muß, das *muß* sein! Das war der Ausklang von allem,
Was sie dachten und sagten in opferwilliger Demut.
Nein, es war nicht der Haß, der unser Volk in den Kampf trieb!
Sondern, wie es den Pflug, das Werkzeug der friedlichen Arbeit
Treu zu bedienen gewohnt war, so nahm's auch das bittere Kreuz des
Krieges gehorsam auf sich: als Prüfung. Was sein muß, das muß sein!
Seither ist dieses Wort mir, so wenig es christlich ansonsten,
Teuer und heilig geworden. Und wenn mir recht ist, so hat es
Wohl auch der Herrgott nicht anders, als *ich* es empfinde, genommen.
Nun aber, Thomas, verzeiht", unterbrach sich der Pfarrer, „verzeiht mir,
Daß ich das Herz Euch beschwerte mit dem, was das meinige schwer macht!
Dafür versprech' ich Euch *eines:* solange ich selber gesund bin
Und meine Füße mich tragen den mühsamen Weg ins Gebirge,
Will ich mich redlich kümmern um Euer Weib und die Kinder.
Nahrung, die gibt ja der Himmel dem Fleiße dort oben von selber,
Und was ansonsten fehlt, dafür wird gesorgt sein, dieweil mir
Gott noch die Kraft verleiht, ein Wort von der Kanzel zu reden.
Dieses nehmet zum Abschied und nehmt es als Segen mit, Thomas!"
Sprach es und reichte die Hand dem Manne der gütige Pfarrherr,

Dieser doch drückte sie fest und sagte nur leise: „Vergeltsgott!“
Riß sich zusammen, und eiliger, als er gekommen, verließ er
Platz und Bank bei der Fichte, von wo ihm die anderen nachsahn.
Quer über Wiesen lief er hinab auf die Straße zum Friedhof,
Dort aber blieb er stehen und stellte den Koffer zur Erde,
Lüpfte das Hütl vom Kopfe und so, als wollte er grüßen,
Grüßen ein letztes Mal noch die Wälder und Wiesen der Heimat,
Weib und Kind im Gebirg und die toten und lebenden Freunde,
Schwang er's im Kreise ums Haupt und juchezte dreimal gewaltig.
Dann aber schwand er behend mit dem Köfferchen waldwärts zutale.

Lange verharrte der Pfarrer in tiefem, beklommenem Stummsein,
Und auch Cordula schwieg, die Hände gefaltet im Schoße,
Der ein Geheimnis verbarg von süßer und schmerzlicher Ahnung.
Nur der Arme im Geiste, der nichts von allem verstanden,
Lag vergnügt auf dem Rücken und paffte den Rauch aus der Pfeife,
Mehr noch, er pfiff sich ein Lied, eine sinnlose Folge von Tönen!
Und der Pfarrer vernahm's, sah auf und ließ seine Blicke
Lang auf der Einfalt ruhen und sprach dann endlich von weit her:

„Jahre nun dauert der Krieg und mordet Väter und Söhne,
Hüben und drüben Menschen, die niemals einander gesehen,
Niemals einander gehaßt und dennoch, ein jeder, vermeinen,
Heiliger Pflicht zu genügen, indem sie einander vertilgen.
Und für diese und jene verrichten an vielen Altären
Priester, wie ich einer bin, Gebete zum nämlichen Gotte,
Und sie glauben an ihn und wähnen, das Rechte zu beten,
Wenn sie den Ihrigen Sieg und den anderen Untergang wünschen.
Müßte der Herr da nicht selber, wär' er nicht weiser als Menschen,
Zweifelnd werden am Guten und wen er am Ende erhöre?
Aber er weiß es schon längst, der Allwissende, wie an dem Tag des
Großen Gerichtes dereinst die Lose zu fallen bestimmt sind,
Wem dann die Züchtigung unrecht und wem die Begnadigung recht gibt!
Freilich, wer da bedächte, wie viele noch leiden und sterben

Müssen, bevor es so weit und die Saat zum Schnitte gereift ist,
Könnte hadern mit ihm, der so sehr den Wahrspruch verzögert.
Wer es zu fassen vermag, der fass' es, heißt's bei Matthäus;
Wir aber fassen es nie und spüren nur eisigen Gleichmut
Oben und rings um uns her. Da ist eine Zone des Grauens
Zwischen die Länder gelegt aus Verhauen, Schanzen und Gräben,
Und sie leiden in ihr, die Brüder von hüben und drüben,
Haften wie Vögel in Netzen und werden von Splittern zerrissen
Und verwesen wie Äser von schädlichen Tieren, den Geiern,
Raben und Würmern zum Fraße, und sind doch unsterbliche Seelen!
Aber von *all* dem schweigt die Natur! Es wandelt die Sonne
Leuchtender täglich herauf, es jubilieren die Lerchen,
Und der Abend erquickt die Erde mit würzigen Schatten.
Oder merkst du ein Zeichen, Cordula? Siehst du Verändrung?
Steht nicht die Saat auf den Feldern in gnädigem Anwuchs wie jemals?
Ist es von Blut, daß die Wolken wie Purpur glühen, die Wiesen
Rosig verklärt sind wie Wangen von glücklichen Bräuten? Verkündet
Amselschlagen und Grillengesang und Orgeln der Frösche,
Künden sie Marter und Tod? Ja, wer es zu fassen vermöchte,
Fass' es, *ich* kann es nicht mehr! Es dünkt mich zuweilen – und nicht nur
Heute, da wir soeben den Abschied des wackeren Mannes
Von seiner Heimat erlebten, von Weib und Kindern! – es dünkt mich
Sinnlos das Treiben der Menschen und so, als wäre es nichts denn
Mückentanz in der Sonne am Abende vor dem Gewitter.
Und sie sterben dahin und haben nur Stunden geatmet,
Und sie sprossen aus Nacht und gehen vor Morgen zugrunde,
Und es verhält sich dazu der Mensch, die Erde, der Himmel
Ganz wie ein Armer im Geiste, der lächelt, wenn Herzen zerbrechen,
Und sich ein Liedchen pfeift aus unvernünftigen Tönen."

Und der Pfarrer besann sich und blickte, verwirrt und erschrocken,
Cordula fragend an: Wer war's, der aus ihm da gesprochen?
War das nicht Aufruhr gewesen und Lästerung? – Brennende Röte
Schlug in sein Antlitz empor. Indessen, des Mädchens Gedanken

Hatten ferne geweilt, obwohl sie ein jedes der Worte
Nahe und deutlich gehört. Nur hatte sie alle die Schrecken
Auf den Geliebten bezogen, der ihr aus dem Felde so lang schon
Keinerlei Zeichen gegeben. Da kam das Verstummen des Pfarrers
Gleich einem Ruf über sie, der sie jäh aus entsetzlichem Traum rief,
Und, noch immer verstört von der Fülle der schlimmen Gesichte,
Blickte sie hilflos um sich und konnte sich lange nicht fassen.

Da erklang vom Gestühle des nahe aufragenden Kirchturms
Freundliches Segengeläute, den Pfarrer des Dienstes gemahnend.
Und schon krachten auch Pöller vom seitlich gelegenen Waldrand.
Blitze loderten auf, und der Rauch, vor dem Dunkel der Fichten,
Hob sich wie bläuliches Spinnweb. Da bellten und heulten im Dorfe
Alle Hunde, es krähten die Hähne, es flatterten Vögel,
Die schon geschlafen hatten, aus nesterverbergenden Wipfeln.
Eilig erhob sich der Pfarrer und schritt mit Cordula abwärts,
Hurtig mit hölzernen Schritten und tief gebückt von der Last des
Hochaufgeschichteten Reisigs, humpelte Vitus, der Knecht, nach.
Aber als sie zum Tor des behäbigen Pfarrhofs gekommen,
Welchem der ländliche Duft von Ställen und Scheunen entströmte,
Wartete schon der Mesner, zum Gottesdienste gekleidet;
Ehrerbietig verwies er dem geistlichen Herrn die Verspätung,
Dieser doch lächelte milde und winkte noch Cordula rasch zu:
„Und auf ein Wiedersehen noch heut' nach dem Nachtmahl beim Engel!"
Sprach's und verschwand in dem Dämmer der niedrigen Sakristeitür.

Aber im Schiffe der Kirche, allwo sich die fromme Gemeinde
Längst schon versammelt hatte, der kommenden Andacht gewärtig,
Zogen die Buben des Küsters nun rüstig die Stränge der Glocken,
Läutend zur eigenen Lust und zur größeren Herrlichkeit Gottes.

Zweiter Gesang

Und dennoch geben wir zu Millionen
Für die Heimat, die wir bewohnen,
Für die paar lächelnden Sonntagsstunden
Ströme vom Blute aus unseren Wunden
Und füllen furchtbar Gräber und Graben
Mit andern, die's auch nicht besser haben:
Arm gegen arm! Menschen wir und sie –
Infanterie gegen Infanterie!

Cordula hatte die Blumen der greisen Köchin des Pfarrers
Selbst in die Küche gebracht, die dürstenden Stengel in Wasser
Sorglich noch eingefrischt und dann von der freundlichen Alten
Eilig Urlaub genommen. Die Stunde, die sie noch frei war,
Wollte sie lieber allein sein. So ließ sie den Armen im Geiste
Gerne im Pfarrhof zurück, von dem Mütterchen liebreich bewirtet,
Wünschte gesegnete Mahlzeit und trat hinaus in den Abend.
Niemand begegnete ihr in dem oberen Teile des Dorfes,
Wo nur die Kirche steht und neben dem Pfarrhaus die Schule.
Stille waltete hier. Es schwiegen die Glocken und Pöller
Während des Gottesdienstes. Die altehrwürdigen Linden
Hoben das schwarze Gewirre der kaum erst knospenden Zweige
Wider den weißen Himmel, in dessen höchsten Bereichen
Immer noch Sonne war und goldenes Blitzen der Schwalben.
Da, in die Stille hinein, ertönte auf einmal der Orgel
Einfach-erhabenes Spiel, die Schreitende leise geleitend,
Bis ihr auch dieses verklang im Hohlweg, den sie hinabging.

Hier nun verlautete bald die Nähe des unteren Dorfes,
Wo, um das Wirtshaus herum, das Gedränge gemütlicher Häuser
Alle die Stätten beherbergt des ländlichen Handels und Wandels.
Hämmergepoche auf Holz und das emsige Sirren von Sägen
Drang von da unten herauf und das Lärmen tollender Kinder.
Aber das Seltsamste war zu den sonstigen Lebensgeräuschen,
Wie sie aus Höfen und Ställen den ländlichen Abend erfüllen,
Heute ein wildes Gequiek, ein erbärmliches Gellen und Dröhnen,
Welches in donnerndem Takte von wütenden Schlägen zerspellt ward.

Cordula mußte lächeln; denn jene, die diesen Spektakel
Machten, waren mitnichten futterbegehrende Schweine,
Wie sie im hölzernen Kofen zur Trankzeit poltern und toben,
Waren Hühner auch nicht, die aus messergewärtigen Kehlen
Markerschütternde Schreie in Todesängsten entsenden,
Sondern etliche Brave, die sich im Schweiße der Stirnen
Gottgefälligster Übung mit heiligem Eifer beflissen,
Kurzum: die Dorfmusikanten, im Stadel des Wagen- und Hufschmieds
Feierabends versammelt, probierten die weltlichen Märsche
Für den Fronleichnamsumgang, wie dies auf dem Lande der Brauch ist.
Freilich waren die meisten der ersten Besetzung im Felde,
Manche sogar schon gefallen. Indessen, in einer Gemeinde,
Welche wie Übelbach-Dorf die richtigen Stücke auf sich hält,
Werden die Männer nicht alle, die mehr oder minder begabten,
Welche zur Ehre des Höchsten zu blasen und trommeln verstehen,
Treu dem veränderten Satz: Fiat musica, pereat mundus!

Als nun das Mädchen hinab und zum Ende des Hohlwegs gekommen,
Wo er die Straße erreicht gegenüber dem Störrischen Engel,
Ward sie des Ursprungs gewahr bemeldeten Sägens und Hämmerns;
Denn hier ward ein Altar von des Schreiners Leuten gezimmert,
Und es besetzten den Bau und verzierten das fromme Gerüst mit
Teppichen, Bildern und Leuchtern und anderem kostbaren Hausrat
Bäckers- und Kaufmannsfrau und die Witwe des Grünzeugverschleißers.
Aber auch andere Damen waren hilfreich zur Stelle:
Rosen aus Seidenpapier verfertigten künstlich die einen,
Duftende Reisiggirlanden flochten sinnig die andern,
Doch am eifrigsten trieben's die kleinen Mädchen des Dorfes,
Die mehr hindernd als helfend die Arbeit der Großen umsprangen!
Allesamt waren sie schon für morgen besonders gewaschen,
Trugen das offene Haar um papierene Röllchen gewickelt,
Daß es über die Nacht zu Wellen und Locken gediehe,
Und in den Fenstern daheim, da hingen die festlichen weißen
Kleidchen der Kinder bereits, geputzt und gestärkt für den Umgang.

Plötzlich, vom Kirchdorf herunter, ertönte Geschrei und Getrampel:
So wie die Meute der Hunde das flüchtig gewordene Zahmwild
Kläffend und lechzend verfolgt im blutigen Eifer der Hetze,
Trieb eine Horde von Buben mit Schnalzen, Pfeifen und Johlen
Vitus, die Einfalt des Dorfes, den Hohlweg herunter vor sich her;
Und schon umringten sie ihn, gerade am Fuß des Altares,
Schlossen die Kette der Hände und stampften und höhnten im Gleichtakt:
„Darfst die Trommel nit tragen, die Trommel nit tragen, du Trottel!"
Furchtbar nahm er es ernst, der Arme im Geiste; die Tränen
Liefen ihm über die Wangen, ein krampfhaftes, heiseres Schluchzen
Stieß ihm empor in den Hals, in das schnappernde Kinn, in die Schultern;
Bittend, bettelnd, beschwörend suchte er Gnade und Ausweg,
Aber je mehr er bemüht war, sich loszumachen von seinen
Peinigern, desto grotesker wurde sein Jammergebärden.
Kreischend platzten heraus die Weiber des Bäckers und Kaufmanns,
Prustend hielt sich den Bauch die Witwe des Grünzeugverschleißers,
Lachend liefen auch andre herbei aus Gewölben und Häusern,
Und die Hunde des Fleischers umsprangen bellend den Aufruhr.
Einzig Cordula rührte ein mutig Erbarmen, und ruhig
Trat sie unter das Volk, verscheuchte die Buben und führte
Vitus, den törichten Dulder, mit freundlichem Zuspruch von dannen.
Stille ward es da plötzlich, und allgemeine Beschämung
Sperrte die Mäuler auf, die eben gekreischt und gelacht noch.
Aber die Weiber erholten sich bald und zeterten Unflat
Hinter dem Mädchen daher und fuhren dann fort, zu bekränzen
Jesu Bild am Altar, das stumm und bekümmert herabsah.

Doch mit dem Jammer des Knechtes hatte es diese Bewandtnis:
Alle Jahre beim Umgang war es sein heiliges Amt, im
Zuge der Dorfmusikanten die große türkische Trommel
Auf dem Rücken zu tragen, indessen, hinter ihm schreitend,
Fürbaß Romanus Ägid, der lendengewaltige Selcher,
Wuchtig im Marschtakt sie schlug und dazu die Tschinellen bediente.
Dies war der Stolz und die Ehre des Toren; so wußten's die Buben,

Und so taten sie ihm alljährlich den nämlichen Tort an.
Diesmal doch tröstete Cordula rasch den Genarrten, und wie ein Kind, das Weinen und Lachen in *einem* Sack hat, so war der Ärmste schon wieder vergnügt, als beide, ein jedes zu seinem Dienste, die Stube des Gasthofs geziemenden Grußes betraten.

Hier nun ging es schon hoch her. Versammelt waren fast alle,
Die zur Gemeinderatssitzung vom Ortsvorsteher geladen.
Galt es doch heut', einem jeden die Rolle im morgigen Umgang
Ordentlich zuzuteilen. Auch hatte der Pfarrer gebeten,
Einige Worte sprechen zu dürfen im Rate der Männer.
Noch aber war er nicht da, und so konnte man frei von der Leber –
Ob auch gerade erst gestern von Siegen Berichte gekommen –
Schimpfen auf Gott und die Welt und einander haarscharf beweisen,
Wie doch der nämliche Sieg schon eher erreichbar gewesen,
Hätte man früher nicht jenes und später nicht dieses verabsäumt.
Auch die politische Führung fand wenig Gnade; dem einen
War sie zu schroff, einem andern zu lax, und allen erschien sie
Ohne Begriff und Vernunft und heillos geschlagen mit Dummheit.
Derart schwollen die Reden. Jedoch, wer waren denn all die
Führer und Politisierer im Dorf am gewaltigen Volland?

Allen am Geiste voran: Matthäus Scholaster, der Lehrer!
Dieser, ein *vor* der Weihe der Kutte entsprungenes Pfäfflein,
Hatte dereinst von Lassalle verschiedene Schriften gelesen,
Wenn auch nicht eben verstanden. So war er für sich und mit Vorsicht
Freigeist und Sozialist, als welches ihn aber nicht abhielt,
Orgel zu spielen zur Messe und Sängerdienste zu tun bei
Jedem kanonischen Anlaß, mit Hinsicht auf die Gebühren.
Dieser nun führte das Wort, indes der Gemeindevorsteher –
Künigl Josef sein Name – nur redete, wenn er des Weines
Einige Viertel getrunken. Sonst saß er verlegen und wortkarg,
Spuckte und schneuzte sich bloß, und heute war Künigl nüchtern.
Um so vernehmlicher sprachen und schwelgten in Blüten der Rede:

Johann Baptist Populorum, der findige Krämer des Ortes,
Dessen Gattin Sophie als Hebamme staatlich geprüft war,
Frischenschlager, der Bäcker, und Zaunschirm, der Feuerwehrhauptmann,
Hitzgern, der Maurer, Oremus, der Schmied, und Hiebaum, der Schreiner,
Der als Mephisto des Dorfes bei allen gescheut und beliebt war.
Alle doch weit übertraf, schon auf Grund seines Lebendgewichtes,
Fürbaß Romanus Ägid, der lendengewaltige Selcher!
Wohl, einem Stiere glich er an Widerrist, Schultern und Nacken!
Knallrot waren die Backen und kurzgeschoren die Haare,
Keulen schienen die Schenkel und drohten, die Hose zu sprengen,
Während der mächtige Rumpf in dem weißen Wamse des Schlächters
Saß, als wäre ihm Atmen und jede Bewegung benommen.
Dieser Unhold jedoch, zu dessen Beruf es gehörte,
Tieren den Garaus zu machen, in Eingeweiden zu wühlen
Und das noch dampfende Blut in gereinigte Därme zu füllen,
Hätte als Mensch und privat wohl kaum eine Fliege getötet,
Hatte ein zärtliches Herz, viel Sinn für die Schönheit der Frauen,
Deren Liebling er war als ledig und Mann von Geschäften,
Konnte die Zither schlagen und singen zur Zither und war mit
Einem Wort ein Genie, eine Perle von Mann, ein Gemütsmensch.

Dieser nun und die genannten Führer und Politisierer
Zählten zum Rat der Gemeinde. Indessen, es waren im Schankraum,
Um das Moment der Öffentlichkeit zu repräsentieren,
Andere auch noch zugegen, zum Beispiel: Martellanz, der Förster
Eines durchlauchtigsten Herrn, dem die Wälder der Gegend gehörten,
Crisper, der Bote der Post, mit seiner Chefin, dem Fräulein
Rose Rachoinig, der unfreiwilligen Jungfrau, und endlich
Schwinzerl, der Wächter der Nacht, der Totengräber und Schinder,
Trotz seiner sechzig Jahre ein großer Don Juan und gleich nach
Fürbaß Romanus Ägid, dem lendengewaltigen Selcher,
Sorglos-glücklicher Vater der meisten ledigen Kinder!
Aber sie alle bediente, ob selbst auch zum Rate gehörend,
Pschunder Tobias, der Wirt, der als reichster Mann der Gemeinde

Kirchenvater im Ort war, und manches gepfefferte Scherzwort
Floh ihm, sobald er vergnügt war und trotz seines heiligen Amtes,
Kühn aus dem goldplombierten Geheg seines einzigen Zahnes.
Und heut' *war* er vergnügt, denn es blühte ihm großer Triumph noch!
War es doch immer sein Ehrgeiz und Lieblingsgedanke gewesen,
Gegend und Dörfchen am Volland zum Höhenkurort zu machen
Und dann zugleich mit dem Orte auch selber zu Ehren zu kommen.
Aber am Zweifel und Neid der erbeingesessenen Bauern
War sein Bestreben gescheitert. Da hatte der rührige Gastwirt
Heuer auf eigene Faust inseriert und Prospekte versendet,
Welche in Übelbach-Dorf, im Gasthof zum Störrischen Engel
(Herrliche Lage am Volland bei bürgerlich-mäßigen Preisen!)
*Friedens*verpflegung verhießen. Wieso Herr Pschunder dazukam,
Solch ein Versprechen zu machen in Zeiten, da alles schon knapp ward,
Ist eine Sache für sich, von der wir in Bälde noch hören,
Doch der Erfolg war da: schon waren im Hause bei Pschunder
Sämtliche Zimmer beangabt! Und dies in der heutigen Sitzung
Nörglern, Neidern und Zweiflern unter die Nase zu reiben,
Machte den Wirt so vergnügt und gelaunt zu gepfefferten Scherzen.

Wo doch, unsterbliche Muse, war heute der Held des Gedichtes:
Kirbisch, das Aug' des Gesetzes im Dorf am gewaltigen Volland?
Während doch Lehrer und Förster, der Totengräber und Schinder
Und auch die Chefin der Post, das Fräulein Rose Rachoinig,
Kurzum alle Personen von Amt und Würden zur Stelle,
Warum fehlte da er, der Gendarm, beim Rat der Gemeinde?
Galt es nicht morgen besonders, die Ordnung im Dorfe zu schützen?
Strömte nicht vieles Volk bei solchem Anlaß zusammen?
Wohl Individuen auch, verdächtige, und Elemente
Subversiver Natur, besonders in Zeiten wie diese?
Oder lag er vielleicht soeben mit solchen im Kampfe?
Kriegstransporte befuhren genug die Strecke am Volland!
Leitungen gab es genug und Brücken und Tunnels zu schützen!
Wohl, einen ganzen Mann erheischte der Dienst des Gendarmen!

Wohl, einen Löwen an Mut, eine Schlange an Klugheit, und dieses
Ganz besonders bei Nacht! Und folglich – dieweil wir nicht wissen,
Welcher Lebensgefahr der Gendarm gerade die Stirn beut –
Müssen wir seine Absenz entschuldigen, wenn auch nur ungern.

Aber ein *andrer* war da, ein stummer Gast, in der Stube!
Zwar keine Amtsperson, kein Held, kein Aug' des Gesetzes,
Sondern nur Crinis, der Glaser. Er zählte zwar gleichfalls zum Rate,
Heute doch hielt er sich abseits, das heißt, mit verschlungenen Armen
Lag er über dem Tische und hatte das Antlitz vergraben:
Dieses den vierten Tag schon und ebenso viele der Nächte!
Niemand vermochte Pschunder, dem Wirte, den Vorwurf zu machen,
Daß er ohne Verständnis für diesen besonderen Fall war.
Denn obwohl doch ein Gasthaus gewiß nicht der Ort ist, um, ohne
Irgendwie Zeche zu machen, vornüber am Tische zu lümmeln,
Ließ er den Glaser gewähren aus menschlichen Gründen und andern.
War doch des Wirtes Herr Sohn, Andreas, ein Bär an Gesundheit,
Immer noch kriegsdienstbefreit und weitab vom Schusse geblieben,
Während Crinis, der Glaser, zu Ende der vorigen Woche
Amtlich verständiget wurde (per Feldpost, portofrei, dienstlich),
Daß die beiden Gefreiten Crinis Matthias und Josef
Bei dem nämlichen Angriff am Vierzehnten laufenden Monats
Auf dem Felde der Ehre den Tod für das Vaterland starben.
Folgte dann noch die Stampiglie „Zwölftes Brigadekommando"
Und als Beilage a) und b), gewickelt in einen
Viertelbogen Konzept, zwei Silbermedaillen; und dies war
Alles, was Crinis, dem Glaser, von seinen Söhnen geblieben.

Derart stand's um den Mann, und so auch wußten es alle,
Und sie fanden sich ab mit dem Unglück des Witwers, zumal ihr
Vorrat an Mitleid und Trost gar bald und vergeblich erschöpft war.
Also auch heutigen Abends. Schon hatten das Bier und der Obstwein
Ihre Gesichter gerötet, schon glänzten die Stirnen und Augen,
Schon erhitzte sich Rede an Rede, indessen am Wirtstisch

Klatschend die Karten fielen, bekräftigt vom Aufschlag der Fäuste,
Schon drang Fräulein Rachoinig, die unfreiwillige Jungfrau,
Schwimmenden Blickes und schrill in den lendengewaltigen Selcher,
Daß er die Zither spiele und sich zum Gesange begleite,
Als in der Eingangstüre mit Regenschirm und Laterne
Endlich der Pfarrer erschien und freundlich grüßend hereintrat.

Wie sich die Fläche des Sees nach dem wogenerregenden Sturmwind
Nur allmählich beruhigt – es zittert die Welle noch lang nach –,
Also geschah es auch hier. Zuerst noch vollzog sich ein großes
Rücken von Sesseln und Bänken, ein eilig und wichtig Bestellen
Schnapses, Bieres und Weines, doch dann, als auch diesem genügt war,
Saßen sie schließlich in Ordnung am blauüberbreiteten Ratstisch,
Und der Herr Ortsvorsteher – Künigl Josef sein Name –
Schneuzte und räusperte sich und, die Fäuste gestützt auf den Tischrand,
Stand er und sagte gestreng: „Meine Herrn, ich eröffne die Sitzung!"
Und erteilte das Wort als erstem Redner dem Pfarrer.

„Liebe Leute", begann nun dieser, „ich dank' euch vor allem,
Daß ihr mir heute gestattet, in eurem Rate zu sprechen;
Denn ich gehör' ihm nicht an. Und so komm' ich beileibe auch heut' nicht,
Um mich am Ende gar in Gemeindesachen zu mischen.
Nein, meine Lieben, die weiß ich in euern erfahrenen Händen
Besser bewahrt und besorgt, als sie's in den meinigen wären,
Der ich von Politik und sonstigen weltlichen Dingen
Eben nur *so* viel verstehe als unerläßlich zur Wirtschaft."

Und ein befriedigtes Murmeln der weisen Versammlung erhob sich,
Machte den Weg um den Tisch und legte sich wieder zur Ruhe.

„Aber in Dingen des Herzens", sprach weiter der würdige Pfarrherr,
„Und in den Fragen des Heiles von euern unsterblichen Seelen
Ist es mein Amt, euch zu führen und Rat und Beispiel zu geben,
Und da bietet ein Tag wie der morgige würdigsten Anlaß.

Sind doch in unserer Zeit die Feste selten geworden,
Und es wär' auch nicht recht, so *jetzt* wir an andere dächten
Als an die *geistlichen* Feste, wo *so* viel Trauer im Land ist.
Eben, bevor ich kam, war ich wieder Zeuge von etwas,
Das mir recht nahegegangen. Ihr kennt doch den Thomas vom Volland?"
Alle bejahten. „Und seht", versetzte der Pfarrer, „der Mann ist
Heute ins Feld gerückt. Und wenn wir auch sicherlich beten
Wollen für ihn und die Seinen, so ist doch der göttliche Ratschluß
Unerforschlich, und *was* geschähe mit seiner Familie,
Falls ihm ein Unglück passierte? Und deshalb sag' ich und mein' ich,
Nicht nur für *diesen* Fall, nein, *all*gemein möcht' ich es sagen:
Wenn sich unsere Seele am morgigen lieben Fronleichnam
Dankbar für alles, was *uns* noch beschieden, in Andacht ergehn wird,
Sollte ein jeder von uns im Herzen irgendein Liebes,
Irgendein Opfer bedenken für jene von unseren Nächsten,
Denen es längst nicht mehr so gnädig beschert ist wie uns noch."

Und der Geistliche schwieg und ließ die behutsamen Blicke
Prüfend im Kreise umhergehn, der stumm und verlegen vor ihm saß.

„Freilich werdet ihr sagen – ich rat' es aus eueren Mienen –",
Setzte der Pfarrer fort, „es fordre der Krieg ja genug der
Opfer und nicht nur von jenen, die kämpfen und bluten! Und dies ist
Ohne Zweifel auch wahr. Es gab der Bauer dem Kaiser,
Was des Kaisers ist, noch immer aus offenen Händen.
Aber müssen wir nicht auch Gott, was Gottes ist, geben?
Freilich nicht ihm selbst! Der Herr bedarf nicht des Menschen,
Daß er ihm zinse und zolle, und *wenn* wir ihm opfern, wir bleiben
Immer noch säumige Zahler an ihm und im ewigen Rückstand.
Aber der Mensch ist des Menschen bedürftig, und was wir dem letzten
Unserer Brüder tun, das tun wir unserem Heiland.
Also bedenket auch ihr, wie viele heute zugrund gehn!
Und, die da fallen und sterben, sie haben das bessere Teil noch.
Aber die andern, die Krüppel an Gliedern und Sinnen, zu vielen

Tausenden sind sie geschlagen und haben Frauen und Kinder,
Welche, selber in Armut, die Ärmsten beköstigen müssen,
Ohne zu wissen woher! Da dürfen *wir* doch nicht sagen:
‚Solche Not ist zu groß, der kann kein einzelner steuern!'
Dieses wär' läßlich gedacht und schlimmer getan als von Tieren!
Helfen einander doch selbst die unbeseelten Geschöpfe,
Wenn sie in Not und Tod sind. Es leistet der Rehbock der Ricke
Beistand beim Wurfe der Jungen, der Hahn schützt Küchlein und Hennen
Wider den Habicht und Geier, und Jäger erzählen, wie oft ein
Wundgeschossenes Tier von anderem Wilde beleckt wird,
Daß sich das Blut ihm stille und rein die Wunde von Schmutz sei!"

Und es bekräftigte dieses durch eifriges Nicken der Förster.

„Wenn wir uns also morgen des Festes befleißigen werden",
Setzte der Pfarrer fort, „und dieses, wie ich vermute,
Nicht nur im geistlichen Sinne – es soll ja unser Herr Pschunder
Mächtig gerüstet haben in Speis' und Getränke! – (‚Hört, hört!' rief
Da der Herr Hiebaum dazwischen, und allen entschlüpfte ein Kichern)
Wenn es sich so nun verhält, so mach' ich euch folgenden Vorschlag:
Wie euch doch allen bekannt, ist's alte christliche Sitte,
Daß der Weg, den der Herr in Gestalt der heiligen Hostie
Am Fronleichnam schreitet, mit Gräsern und Blumen bestreut wird ..."

Hier nun erhob sich sofort ein dumpf und bedenkliches Murmeln.
Nur Populorum, der Kaufmann – er *hatte* nicht Wiesen und konnte
Folglich am Heu nichts verdienen – bestätigte eifrig, daß dieses
Immer der Brauch gewesen. Allein der Pfarrer bedurfte
Dieser Bestätigung nicht, die jeder höhnisch durchschaute,
Winkte dem Krämer ab und fuhr gleich fort in der Rede:

„Nicht doch, ihr Leute, besorgt nichts! Ich will euer Heu nicht! Denn ob ich
Auch ein Studierter nur bin und ein Diener am Worte, so bin ich
Doch auch ein Bauer wie ihr und weiß, wo den Bauer der Schuh drückt.

Gar, was heutzutag' Heu ist, das braucht mir keiner zu sagen!
Erstens ist's Heeresbedarf und zweitens erhält es den Viehstand
Und durch diesen auch uns, die Menschen, die Wehrkraft des Landes.
Und somit ist es Gold, ja mehr noch, als lauterstes Gold ist.
Aber gerade darum, weil es heute nach Goldwert bezahlt wird
Und wir doch mehr davon fechsen als nötig zum Eigenbedarfe,
Sollte vom Übergewinne, so mein' ich, ein jeglicher spenden,
Was er von Herzen gibt zum Trost für die Ärmsten der Armen.
Aber damit ihr nicht glaubet, es fordere euer Herr Pfarrer
Opfer, die er nicht selber zu bringen gewillt ist, von andern,
Gehe ich, wie mir's obliegt als eurem geistlichen Führer,
Allen voran und spende das Reinerträgnis der Wiesen,
Die mir von meinen Obern zur eigenen Nutzung vertraut sind,
Allen vom Elend des Krieges Beladenen unsrer Gemeinde."

Also sprach der Herr Pfarrer und nahm von dem rosigen Safte –
Soda mit Himbeer war's, er enthielt sich des Bieres und Weines –,
Mehr zu rhetorischem Einhalt, als um zu trinken, ein Schlückchen.
Doch es erhob sich der Vorstand und sagte zunächst: „Meine Herren!"
Dankte hierauf dem Pfarrer im Namen der ganzen Gemeinde
Für die hochherzige Spende, die allen ein leuchtendes Beispiel
Christlicher Nächstenliebe und Frömmigkeit sei, und so weiter.

Aber die anderen schwiegen und sahen beharrlich aufs Tischtuch.
Wollte doch keiner, was sämtliche dachten, als erster verraten
Und in den Augen des Pfarrers, den alle verehrten, als Unmensch
Oder als Geizhals erscheinen, als Widersacher des Guten.
Freilich regte sich dennoch in diesem und jenem ein Fühlen
Menschlich-besserer Art, nur fand er nicht Worte, so schwieg er.

Aber den Pfarrer verdroß mit nichten das Schweigen der Männer.
Ja, es bestärkte ihn nur noch, und lächelnd sprach er: „Ihr Lieben,
Glaubt mir, wenn ihr auch schweigt, weiß *ich* doch in eueren Herzen
Besser Bescheid als ihr selbst. Drauf könnt ihr euch ruhig verlassen.

Kenn' ich der Jüngern von euch die meisten doch noch aus der Schulzeit.
Und was die Älteren sind, so kenn' ich die christlichen Werke,
Die sie in besseren Zeiten und immer willig vollbrachten.
Aber wir sollen das Gute verrichten nicht *nur*, wenn es leichtfällt!
Gott sieht auf jegliche Gabe in Gnaden, aber am liebsten
Doch auf den Groschen der Witwe, das heißt mit anderen Worten:
Was man von eigener Notdurft erübrigt, ist doppeltes Opfer.
Nun, und so gänzlich entblößt sind wir da heroben noch lang nicht,
Daß uns von wirklicher Not zu sprechen erlaubt wär'. Noch immer
Gibt uns Nahrung und Kraft die Erde, die wir bebauen.
Ist noch kein einziger Pflug verrostet, auch dort nicht, wo Väter,
Söhne und Knechte im Krieg sind! Seh' ich doch öfter und öfter
Unsere braven Frauen die Arbeit der Männer besorgen!
Und es strömt doch auch Geld jetzt reichlich in euere Laden!
Wo ist ein Hof noch verschuldet? Wer mehrt nicht Gerätschaft und Viehstand?
Nun, und erkennt man nicht auch im Lande jetzt schließlich und endlich,
Daß es der Bauer ist, auf den es im Grunde doch ankommt?
Vieles läßt sich entbehren, was sonst auch von *andern* erzeugt ward,
Und es belehrt uns der Krieg – vielleicht sein einziger Segen! –,
Daß wir recht hoffärtig waren und nimmersatt an Bedürfnis.
Aber, was wirklich vonnöten, das heilige Brot für die Menschen
Und die Nahrung der Tiere, die ewigen Dinge des Lebens,
Schafft doch der Bauer allein und hält so dem Ungeist die Waage,
Der in den Städten das Volk von Anspruch zu Anspruch dahintreibt,
Freilich nicht aufwärts zu Gott, nein, eher hinab in die Hölle!
Sehet, da wollen es *wir* nicht so wie die Gottlosen machen,
Nicht wie die Makler und Wechsler, die Jesus vom Tempel vertrieben!
Wollen dem Judas nicht gleichen, der an dem Leiden des Herren –
Und in allen, die leiden, ist unser Herr und Erlöser! –
Silberlinge verdiente! Und wenn ich als euer Herr Pfarrer
Schon auf das Opfer verzichte, das unter die Füße des Heilands,
Uralter Sitte gehorchend, beim Umgang des Festes Fronleichnam
Unsere Väter schon streuten, so wollet gewiß doch auch *ihr* nicht
Daran ersparen und euch bereichern an euerem Herrgott!“

„ ... Dass sie vor Jubel nicht schrie und dem Kommenden nicht an den Hals flog! ... “

Und ein Gemurmel geschah, doch diesmal als Zeichen des Beifalls,
Und es benützte der kluge Pfarrer die Stimmung und fragte:
„Fürbaß, was gibst denn *du*? Und du, Herr Pschunder, was gibst du?
Frischenschlager und Zaunschirm! Und Sie, Oremus und Hiebaum!
Seid ihr doch alle auch Bauern und habet neben dem Handwerk
Eueren Grundbesitz an Wiesen und Feldern! Vielleicht, daß
Uns der Herr Ortsvorsteher als guter Christ und als Landwirt,
Seiner Erfahrung gemäß, einen billigen Vorschlag erstattet,
Was da für keinen zuviel wär' und doch auch für keinen zu wenig!
Was aber dann ihr beschließet mit Mehrheit kraft eueres Amtes,
Diene als Maß und Gesetz für sämtliche in der Gemeinde!"

Und es erhob sich der Vorstand und sagte zunächst: „Meine Herren!"
Räusperte sich sodann und blickte bedächtig vor sich hin.
Anders nicht hingen dereinst an Äneens Munde die Augen,
Eh er der Dido begann von Trojas Fall zu berichten,
Und, wie das Sprichwort sagt, ein Engel ging durch das Zimmer,
Als, von der Straße herein, durchs weit geöffnete Fenster
Trabender Hufschlag erklang im hurtig klappernden Viertakt,
Näher und näher herankam und scharf vor dem Gasthause anhielt.
Alle vernahmen's und wandten die Hälse und blickten zum Eingang.
Nur der Herr Pschunder erhob sich, und Cordula lief zu der Türe.
Die aber sprang auch schon auf, und lachend und klirrender Sporen,
Wie ein Mulatte gebräunt, mit sternebeglitzertem Kragen,
Brust von Medaillen bedeckt, in der lässigen Rechten den Reitstock,
Trat in die Stube herein – es mußte sich Cordula halten,
Daß sie vor Jubel nicht schrie und dem Kommenden nicht an den Hals flog! – :
Fleps, im Zivil der Adjunkt, jetzt Fähnrich bei schweren Haubitzen.

Dritter Gesang

Αὐτὰρ ἐπεὶ πόσιος καὶ ἐδητύος ἐξ ἔρον ἕντο
Μοῦσ' ἄῤ ἀοιδὸν ἀνῆκεν ἀειδέμεναι κλέα ἀνδρῶν ...

Aber nachdem das Verlangen
nach Trank und Speise gestillt war,
Trieb den Sänger die Muse,
das Lob der Helden zu singen.

Odyssee, Achter Gesang

Dröhnendes Heil und Hallo empfing den Adjunkten vom Ratstisch!
Alle, dem Gaste entgegen, verließen die Plätze, und reichlich
Hatte Herr Fleps zu tun, um die vielen biederen Hände,
Die sich ihm boten, zu drücken und klirrend die silbergespornten
Hacken zusammenzuknallen bei jeder strammen Verbeugung.
Auch von den Nebentischen kamen die Spieler und Zecher,
Noch mit dem Trumpf in der Hand, und begrüßten den Gast in der Heimat.
Crinis, der Glaser, sogar, überrascht von dem plötzlichen Lärme,
Hob für einen Moment sein erloschenes Antlitz und sank dann
Wieder apathisch vornüber, doch merkte es niemand im Raume.
Jetzo schlug sich die Schenkel und gröhlte im Bierbaß der Förster,
Flepsens Chef im Zivil: „Eine Runde zur Feier des Abends!"
Fletschend das goldne Gehege des einzigen Zahnes im Munde,
Kellnerbückling-gewandt, die Serviette unter dem Arme,
Grinste beflissen der Wirt: „Zu speisen gefällig, Herr Fähnrich?
Kalt oder warm, wie's beliebt! Was Fertiges oder was Frisches?"
Und indessen Herr Fleps, berauscht von dem Jubel des Willkomms,
Braten, Kartoffelsalat und ein Viertel vom Besten bestellte,
Zwickte Schwinzerl, der Totengräber, das Fräulein Rachoinig
Nicht zu sagen worein, so daß sie bacchantisch emporfuhr.

Ja, sie benahm sich bacchantisch, das Fräulein Rose Rachoinig!
Hatte sie eben auch noch mit Fürbaß, dem Selcher, geäugelt –
Weil er ein Junggesell war und ein Mann von bestem Geschäftsgang! –,
Dieses war aus und vorbei, seit Fleps in die Stube getreten:
Fleps, der Adjunkt, der Herzenbrecher der Gegend, in den das

Unfreiwillige Mädchen schon lang vor dem Kriege vernarrt war!
Ach, und wie war er doch damals schon süß und reizend gewesen,
Wenn er in Jägertracht mit den nackenden sehnigen Knien,
Feder und Gamsbart am Hut, die Flinte geschultert, einherschritt!
Und erst sein Kindergesicht, sein schmachtender Blick, seine Wangen,
Rosig wie Milch und Blut, und die weiche, melodische Stimme!
Freilich, es hatte Herr Fleps nur wenig des Fräuleins geachtet,
Hatte es, Gott sei's geklagt, noch unreif, wie er gewesen,
Lieber mit Köchin und Magd als mit ihr, der Beamtin, gehalten,
Aber vergessen, verziehn! Allelujah, daß er zurück war,
Wohlbehalten, ein Held und bedeckt mit dem Ruhme des Schlachtfelds,
Breiter geworden, ein Mann, umwittert vom Blute der Feinde,
Deren er manchen gewiß mit eigenen Händen getötet!
Anders waren die vielen Medaillen nicht zu erklären,
So ihm an farbigen Bändern den tapferen Busen verzierten!
Was aber waren selbst diese – obwohl das Fräulein Rachoinig
Als ärarische Jungfrau dergleichen zu schätzen vermochte! –,
Was, sag' ich, waren selbst *sie* im Vergleich zu dem goldenen Armband,
Das nun der Held ums Gelenk trug, und gegen den Zipfel des seidnen
Schnupftuchs, das ihm kokett aus der Tasche der Bluse hervorsah!?
Ohne Zweifel, Herr Fleps, der ländliche Junge von ehmals,
War durch die Schule des Kriegs Kavalier und Weltmann geworden,
Sprach mit dem lässigen Tonfall der Herrn Offiziere und schien nun
Endlich ihr ebenbürtig als Kandidat für die Ehe
Oder auch nicht für die Ehe – Herrn Flepsens Wille geschehe!

Dies nun war Grundes genug, daß das Fräulein Rose Rachoinig
Sich bacchanalisch benahm. Doch worin bestand dies Benehmen?
Erstens – obwohl ihr die Nase infolge von etwas Rachitis
Immer ein wenig verstopft war, zumal wenn das Fräulein erregt war –
Schwatzte sie dreimal so viel als sonst, und das wollte was heißen!
Zweitens lachte sie ununterbrochen, krampfhaft und grundlos,
Drittens nippte sie Branntwein von jedem Gläschen der Runde,
Viertens paffte sie Qualm aus des Försters Pfeife und schnob die

Schwaden quer über den Tisch an Fürbaß vorüber auf Fleps hin,
Fünftens und sechstens aber – und dies war besonders mänadisch! –
Sprühte sie glitzernde Blicke aus lüstern blinzelnden Augen
Mitten in Flepsens Gesicht und hatte, wenn sie so hinsah,
Ob auch ihr fahles Gebiß nicht eben ermunternd zum Kuß war,
Gleich einem Weib in der Wollust die Lippen ein wenig geöffnet.
Doch, als auch dieses nichts nützte, um Flepsens Herz zu bezaubern,
Probte sie stärkere Zwänge, indem sie dem Selcher erlaubte,
Daß er die wuchtige Hand mit den Fingern wie rosige Würstchen
Ungenierter denn je auf ihrem jungfräulichen Schoß hielt.
Aber auch dies war umsonst, die Eifersucht plagte Herrn Fleps nicht.

Nun trat Cordula ein – sie war in der ersten Verwirrung
Rasch in die Küche entwichen – und brachte dem Fähnrich-Adjunkten
Braten, Kartoffelsalat und ein Viertel vom besten der Weine.
So wie dem fremdesten Gaste servierte sie ihrem Geliebten,
Aber die Blicke der beiden vermieden einander mit Absicht.
Heia, da ging ein Gejohl los beim Anblick der köstlichen Speisen!
„Mahlzeit!“ und „Prosit!“ erscholl's nun von allen Seiten, und eifrig
Machte der hungrige Fleps sich über die heimische Kost her.
Und sie *war* auch danach! Es hatte der göttliche Selcher
Für den Fronleichnamsbedarf der wohlunterspicktesten Schweine
Eines persönlich gestochen, und Katharina, die Köchin –
Ach, sie hatte Herrn Fleps von früher her manches zu danken! –,
Eines der leckersten Stücke mit Liebe und Rührung bereitet.
Brutzelnd, brätelnd und braun vom prasselnden Brande des Bratherds,
Prangte die prächtige Schnitte, verbrämt mit der breitesten Borte
Schwellenden Rückenfetts von der helleren Farbe des Bernsteins.
Riesig ragte die Rippe, umrillt von der weißen Manschette,
Über den Rand des Ovals, indessen das knusprig gebratne
Fleisch, das unter der Kruste die zarteste Faserung aufwies,
Herrlich vom kümmel- und knoblauchgesättigten Safte umspült war.
Dieses die Schweinskotelette! Daneben aber auf flachem
Gläsernem Tellerchen lud der Kartoffelsalat zum Genuß ein.

Oh, welch ein Kunstwerk auch er! Von harten Eiern umgeben
Und von dem zartesten Grün der Endivie neckisch umkräuselt,
Lagen die safrangelben Scheiben der Kipfel-Erdäpfel,
Reichlich mit Dottern vermengt und glänzend vom Essig und Öle,
Gleich einem Häufchen Dukaten zum Gipfel der Wonne geschichtet,
Diesen aber bekrönte in perlmutternen Ringeln
Ambrosianischen Duftes die köstliche Würze des Zwiefels!

Also tafelte Fleps, und derart hörbar zermalmte
Sein Akrobatengebiß die glasige Härte der Schwarte,
Daß es niemand mehr aushielt, bei solchem Wohllaut zu fasten.
Und es bestellten sich Sulze Oremus, Zaunschirm und Schwinzerl,
Preßsack mit Senf Populorum und andere Leber- und Blutwurst.
Nur der Herr Pfarrer enthielt sich, indessen das Fräulein Rachoinig
Wegen der Reinheit des Teints – sie neigte zur Furunkulose –
Fleisch und Gewürztes vermied und Torte mit Schlagobers vorzog.
Heia, das gab ein Geschäft! Und grell mit dem einzigen Goldzahn
Grinste Herr Pschunder, der Wirt und Kirchenvater, und dankte,
Den er zwar haßte, Herrn Fleps und seinem Herrgott im stillen.
Wie, er haßte den Fähnrich? Gewiß ja! Hatte doch dieser
Einst ihm den eigenen Sohn, als der Bursche mit Cordula frech war,
Scharf in die Grenzen verwiesen, und dieses verzieh ihm der Wirt nicht.
Und es haßte Herr Pschunder auch Cordula, weil sie ihm selber,
Als er zum Witwer geworden, vor Jahr und Tag einen Korb gab.
Und es haßte der Gastwirt schließlich und endlich den Sohn auch,
Weil sich dieser vermessen, dereinst in betrunkenem Zustand
Nächtlicherweile in Cordulas Kammer zu dringen, obwohl er
Wußte, daß Pschunder, der Vater, ein Aug' auf das Mädchen geworfen.
Damals mußte der Wirt, mit dem Ochsenziemer bewaffnet,
Ordnung machen im Haus, und seither war der Andreas
Tief in die Wälder verbannt, um ein Sägewerk zu betreiben,
Welches dem Vater Gewinn und dem Sohne Enthebung vom Kriegsdienst
Brachte, und solcherart war allen Teilen geholfen.

„ … Heia, da flaumten in Bärten die schneeigen Flocken … “

Aber von all dem Haß ließ Pschunders gesunder Geschäftssinn
Keiner Seele was merken, besonders nicht heutigen Abends.
Liebenswürdig-gewandt, seinen Gästen ein Vater, so war er
Überall Auge und Ohr und bedacht, den Umsatz zu steigern.
Heia, da brauste am Schanktisch das Gläser ausspülende Wasser!
Heia, da zischte Siphon in die Stutzen und Becher, da dröhnten
Unten im Keller die Fässer vom Anschlag, aus bauchigen Flaschen
Gluckste der Wein ins Gemäße, und Cordula hatte zu laufen!
Kaum daß die kräftigen Finger des Mädchens die Fülle der Henkel
Bändigten, wenn sie mit beiden Händen Getränke herantrug,
Alle die steinernen Krüge und gläsernen Humpen, aus denen,
Flüssigem Topas entsteigend, die Blüte des Schaumes emporquoll!
Heia, da flaumten in Bärten die schneeigen Flocken, da wischten
Händerücken die Lippen, und bräunliche Speichelgeschosse,
Sorglich geformt und geballt im Gehege der schwärzlichen Zähne,
Flitzten im Bogen zu Boden: es war kannibalisch gemütlich!

Aber als sie nun alle gehörig geschmaust und getrunken
Hatten und allenthalben aus wiederentzündeten Pfeifen
Blaues Gekräusel entstieg, übermannte sie holder Verdauung
Wärmendes Wonnegefühl, und der Augenblick schien nun gekommen,
Da man aus Flepsens Munde vom Kriege zu hören erpicht war.
Allen an Neugier voran, das Fräulein Rose Rachoinig
Hielt es schon kaum mehr aus, von den Heldentaten des Fähnrichs
Bis auf den Grund zu hören, und ihre rachitisch verstopften
Nüstern schlürften bereits, hysterisch schnuppernd, die wilden,
Sinnebenehmenden Düfte vom Schweiße und Blute des Schlachtfelds.
Und sie harrte nicht lange; denn als sich der Fähnrich die vielen
Fragen, die rings von den Zungen, den schwerer gewordenen, kamen,
Reiflich zurechtgelegt, begann er gewinnend bescheiden,
Aber im vornehmen Tonfall der Kavallerieoffiziere –
War er doch gleichfalls beritten! – die wohlgegliederte Rede:

Erstens, obwohl er kein Redner und nur ein schlichter Soldat sei,
Könne er doch nicht umhin, seiner Freude Ausdruck zu leihen,
Daß er nun wieder daheim sei, und werde dieses Vergnügen
Nunmehr länger genießen, indem er zur Einexerzierung
Einer Ersatzbatterie in den nahen Markt kommandiert sei.

Diese Eröffnung, von allen begrüßt, erregte in Fräulein
Rose Rachoinigs Brust den jähesten Wechsel von Schauern
Süßester Ahnung und Angst vor dem nahen Verlust ihrer Unschuld;
Denn für *sie* stand fest, daß Fleps ihr Bräutigam werde,
Wenn auch ... Doch *davon* später! Indessen setzte Herr Fleps fort:

Ferner sei er erstaunt, was es alles für leckre Genüsse
Doch noch im Hinterland gebe, indessen man draußen im Felde
Immer von Not nur vernehme und andern bedenklichen Zeichen
Schwindenden Siegesvertrauens in weiten Bevölkerungskreisen.

Diesmal pochte das Herz dem Gastwirt höher; denn eben
Jene Genüsse waren's, durch die er im kommenden Sommer
Hoffte Geschäfte zu machen und Übelbachs Ruhm zu begründen.

Weiters bemerkte Herr Fleps: im übrigen sei's auch im Felde
Gar nicht so traurig bestellt mit der Mannschaftsverpflegung etc.,
Wie man zu munkeln beliebe und wie es die Flaumacher schrieben.
Freilich passiere es manchmal, daß ganz in den vordersten Gräben
Während des Trommelfeuers die Zufuhr tagelang aussetzt,
Aber da gelte es eben, den Überschwung enger zu schnallen
Und mit Soldatenhumor dem Hunger ein Schnippchen zu schlagen.

„Sind Sie schon einmal, Herr Fleps, in den vordersten Gräben gewesen
Während des Trommelfeuers?" erlaubte sich Hiebaum zu fragen.

„Ich?" errötete Fleps, und an Hiebaum, dem Schreiner, vorüber
Sagte er etwas verächtlich, daß *er* ja bei der Artillerie sei.

„Eben!“ erwiderte dieser und meckerte knapp und verschlossen.
Dies war die erste der Schlappen, die Fleps im Verlaufe des Abends
Seitens des Schreiners erlitt, und das Fräulein Rachoinig bekam die
Ersten hektischen Flecken im Antlitz vor Zorn und Beschämung.

„Übrigens, Infanterie ...!“ fuhr Fleps noch ein wenig gereizt fort:
Niemandem falle es ein, ihr *ihre* Verdienste zu schmälern,
Aber, parole d'honneur, wenn nicht eben ein Angriff im Gang sei,
Lägen die Schützengräben einander passiv gegenüber,
Wochenlang falle kein Schuß, und Freund und Feind seien Brüder.

Alle lauschten gespannt, fast könnte man sagen, mit Andacht.
Nur der Mephisto des Dorfes, Herr Hiebaum, spitzte die Ohren,
Neigte den Kahlkopf zur Seite und meinte mit teuflisch gespieltem
Staunen in Miene und Ton: „Aber *was* Sie nicht sagen, Herr Fähnrich!
Darnach wär' ja der Krieg die reinste Lebensversichrung!
Möchte nur wissen, woher dann die vielen Blessierten und Toten
Kommen, die jeden Tag in der Zeitung mit Namen genannt sind?“

Und dies hätte die zweite der Schlappen für Flepsen ergeben,
Und das Fräulein Rachoinig wäre vor Ärger zersprungen,
Hätte dem Fähnrich sein Witz nicht geholfen, indem er zurückgab:
„So einen Sargfabrikanten verdrießt's halt, daß alle die vielen
Sterbefälle passieren, wo er dabei kein Geschäft macht!“

Dies war ein herrliches Wort, humor- und gemütvoll, ein Primhieb
Fein-dialektischer Kunst, und ihm entsprach das Gelächter,
Welches aus sämtlichen Hälsen nun pünktlich und schallend hervorbrach.
Einzig das Antlitz des Pfarrers war leidender, als es schon sonst schien,
Und Herr Crinis, der Glaser, erhob nun zum *anderen* Mal sein
Gramvoll-verwildertes Haupt und stierte verzerrt Herrn Fleps an.
Doch der Adjunkt war im Zuge und sprach die geflügelten Worte:

Überhaupt – Krieg sei Krieg, und das ewige Reden vom Sterben
Bloß Zivilistenmanier! Der Soldat, dem es Ehre und Pflicht sei,

Pflege zu schweigen davon; denn Fachsimpelei ist geschmacklos.
Wenn es auf *ihn* ankäme, so ließe er *keinen* zum Kampf zu,
Welcher die Hose vollhat! Ein einziger Feigling vermöge
Ein Regiment zu vergiften! Weshalb es vernünftiger wäre,
Wenn sich gewisse Leute, die militärisch nichtsnutz sind,
Lieber am Ofen die Zeit mit Fliegenfangen vertrieben!

„Ja wenn sie einen nur *ließen*!“ ergänzte verbissen der Schreiner,
„Weil's aber, wie es sich zeigt, die Jungen alleinig nicht richten,
Kommen die Alten jetzt dran und sollen die Fuhr' aus dem Dreck ziehn!“

Niemand lachte hiezu. Denn überall hieß es im Lande,
Daß schon die Absicht bestehe, die Männer, die noch-nicht-gedienten,
Zwischen Fünfzig und Sechzig, zu mustern und einzuberufen.
Also schwiegen sie ernst; nur Fleps fuhr hitzig empor und
Wollte entsprechend erwidern – es war ja die dritte der Schlappen
Für den Fähnrich gewesen! –, als sanft, doch bezwingenden Ernstes
Ihm der Herr Pfarrer ins Wort fiel, indem er beziehungsvoll anhub:

„Nein, meine Lieben, nicht *so*, wie ich's eben vernommen hab', sollte,
Wer es auch immer sei, von Dingen reden, die vielen
Tausenden anderen Tod und unsäglichen Jammer bedeuten!
Niemand wird es gewiß dem Frontsoldaten verdenken,
Wenn er sein Handwerk verteidigt, das leider nun einmal der Krieg ist.
Aber es sollte auch niemand auf seinen Nächsten herabsehn,
Weil er das furchtbare Kreuz nur in schwerem Gehorsam auf sich nimmt!
Wem es gegeben ist, sich freudig und mutig zu opfern,
Dessen Verdienst ist groß, und Kühneres mag er vollbringen.
Doch auch der anderen Opfer wird einstens gezählt und gewogen
Und, dies glaube ich fest, gewiß nicht als leichter befunden.
Denn es ist ein gewaltiges Ding um das Sterben von Menschen,
Wenn es dienend geschieht und um solcher Erfüllungen willen,
Die dann nur *andre* genießen, und wären's die eigenen Kinder!
Darum vergeht sich auch jener, der das, was unsere Brüder

Schon vollbracht und erduldet, zum Ziele leichtfertigen Spott's macht,
Wär's auch vergeblich gewesen und ließe am Ende die Kraft nach!
Was denn wäre mit uns, wenn *sie* nicht den Schrecken der Hölle
Viele Jahre schon trotzten? Was wissen denn *wir*, was der Krieg ist?
Dörfer in Brand geschossen und Habe und Hausrat geplündert!
Frauen und Töchter geschändet und Kinder und Greise gemetzelt!
Und nicht der *Mensch* nur gemordet! Gemordet wird auch die Erde!
Ja, sie stirbt wie ein Weib! Wie ein Weib, ein gesegnetes, stirbt sie,
Dem man den Leib aufreißt und die werdende Frucht in den Kot tritt:
Von Millionen Geschossen zerstampft, zermartert, zerrissen
Klafft ihr das Innerste bloß! Jahrzehntelang wird da kein Pflug gehn,
Ohne auf Eisen zu knirschen. In ungeheueren Trichtern
Sammelt Gewässer sich an und versumpft das herrlichste Saatland!
Und erst die Wälder, die Wälder! Was Ahnen und Väter geforstet
Viele Jahrhunderte lang, die uralt-gewaltigen Stämme
Sinken granatenzerschmettert aus heulenden Flammen zu Mist hin!
Das ist der Krieg, meine Lieben, die Geißel Gottes! Und all dies,
Oh, es ereignet sich nicht in fremden, entlegenen Welten
Oder in anderen Zeiten, nein, *jetzt* und benachbart! Wir selber
Können die Donner der Schlachten vernehmen in ruhigen Nächten,
Wo wir schlafen dürfen, woferne wir's können, ja schlafen
Oder das Tagwerk bedenken, das nächste und übernächste;
Denn wir sind ja in Hut und vor allen Übeln geborgen,
Weil es andere gibt, *auch* Menschen, *auch* Väter und Söhne,
Welche die Sünden der Welt mit ihrem Blute bezahlen!"

Und der Pfarrer verstummte und schloß wie in Ohnmacht die Augen,
Um den Gesichten zu wehren, die jäh seinen Geist überwältigt.
Und auch die Bauern schwiegen, und graue Furchen der Sorge
Pflügten ihnen die Stirnen, die plötzlich gealterter schienen.
Einzig der Fähnrich-Adjunkt, in dem, wie die Kugel im Laufe,
Immer der Ärger noch stak und die zornige Abfuhr für Hiebaum,
Lächelte maliziös und vermochte den Worten des Pfarrers
Wenig nur abzugewinnen: wie stellte der Mann sich den Krieg vor?

Daß die Agrikultur durch Granatentrichter gewisse
Schäden erleide, war klar, doch wahrlich die allergeringste
Sorge unseres Helden. Und was die Absicht betraf, die
Sündenrechnung der Welt mit Blut zu begleichen, so war dies
Unsinn, wie er im Buch steht, und keiner Erwiderung würdig.
Folglich schwieg auch Herr Fleps und begnügte zunächst sich, das blonde,
Wohlgescheitelte Haupt in den Nacken zu werfen, indem er
Offensichtlich gelangweilt und impertinent zum Plafond sah.
Aber auch Fräulein Rachoinig war unbefriedigt, ihr Antlitz
Förmlich getigert bereits von hektischen Flecken und ihre
Nase verstopfter denn je: daß, statt zu brillieren, ihr Held sich
Schlappe auf Schlappe geholt, war unerträglich und heischte
Gründliche Reparatur! Da kam ihr ein Einfall, und plötzlich
Wollte sie durchaus wissen, durch welcherlei Taten sich jener
Seine Medaillen verdient und ob er während des Krieges
Je in der Lage gewesen, im Nahkampf, mit eigenen Händen …
Und vor Erregung verschlug es dem Fräulein Rachoinig die Stimme.

Fleps doch hatte verstanden und sagte gelassen: natürlich
Hab' er im Artilleriekampf so manchem sein Fünklein verblasen –
„Denn Befehl ist Befehl, und Pflicht ist Pflicht, meine Herren!" –
Aber im Nahkampf nicht, das heiße freilich … Und Fleps hielt
Inne in seiner Entgegnung. Da wußte das Fräulein Rachoinig
Kaum mehr wo aus und wo ein und girrte förmlich: „Ach, bitte,
Sprechen Sie doch davon, Herr Fähnrich, wenn es nicht gar zu
Grausam zu hören ist!" Doch ihre Augen und Nüstern
Straften den Nachsatz Lügen. Da lachte der andere rauh auf:

„Grausam? Das wüßte ich nicht! Im Kampfe auf Leben und Tod gilt
Bloß: ‚Wie du mir, so ich dir!' und die Frage ist nur, wer *zuerst* schießt!
Ja", und der Fähnrich verlieh seiner Stimme Metallklang, „es hat schon
Manchmal recht tüchtig geknallt, und immer war es ein Blattschuß,
Wenn ich auf eigene Faust und nur mit dem Stutzen bewaffnet,
Pirschen gegangen bin!" – „*Was* pirschen?" fragte der Förster.

„Hasen und Hühner *nicht*!“ erwiderte Fleps. „Aber abends
Oder auch ganz in der Früh’, da sind in den feindlichen Gräben
Lebensmüde genug, die die Deckung verlassen, besonders
Wenn’s ein Gewässer wo gibt im Gelände zwischen den Fronten!“
„Kreuztibidomine!“ entfuhr es dem Förster, und schluckend
Fügte er leiser hinzu: „Das ist freilich ein *anderes* Jagen!“
„Ist auch ein Jagen!“ rief jener, „nur daß man freilich mitunter
Selber das Wild wird dabei!“ – „Aber nur *mitunter,* Herr Fähnrich!“
Sagte der Schreiner da knapp und faßte den Fähnrich ins Auge,
„Denn Sie sitzen ja hier im Wirtshaus und lassen sich’s gut gehn!“

„*Heute*, mein lieber Herr Hiebaum! Nachdem ich dreimal verwundet,
Fünfmal verschüttet war und sonst auch so ziemlich lädiert bin!“
Brauste der Fähnrich auf. Da schrie eine furchtbare Stimme:
„*Hin* sein solltest du, Lump!“ Da riß es alle herum und –
Schon war der Glaser am Tische, Herrn Fleps gegenüber, und keuchte:
„*Dich* geht es an, du Halunk! Schießt Menschen wie Spatzen! Und dazu
Geben Eltern die Kinder?! Herunter von deiner Montur den
Kram da! Herunter damit!“ Und während noch Fleps wie betäubt saß,
Wollte der Rasende ihm von der Brust die Medaillen reißen.
Aber da sprangen sie auf, die Männer am Tische, und Fleps auch
Schnellte vom Sessel empor und, jählings verglasenden Wutblicks,
Fuhr er ans Seitengewehr, um den Glaser niederzumachen –
Als, wie ein plötzlicher Turm, der lendengewaltige Selcher
Schützend vor Crinis ragte, den bändigend andere hielten.
Lautlos stand der Koloß, es entkam ihm keine Bewegung,
Nur die Arme wie Keulen, die nervigen Pranken des Schlächters,
Unfehlbar gewohnt, ins Leben des Stieres zu treffen,
Hingen ihm schwer von den Schultern, in drohender Urkraft erbebend.
Da verfärbte sich Fleps, ihm schwanden die Sinne, und wie von
Ferne nur, wie in dem Bann eines Alptraums, vernahm er das Tosen
Des von den Tritten der Männer, vom Schreien des tobenden Glasers
Wüst durchschütterten Raumes. Doch da, auf einmal, was war das?

Über die Flüche des Glasers auf Vaterland, Gott und den Kriegsherrn,
Über das Stürzen von Stühlen und Splittern von Gläsern, was klang da
Wie die Posaune der Rache? Was schrillte wie Wahnsinn, was schrie da
Maniakalisch verkrampft, indem es, die Nerven aufpeitschend:
„Gendarmerie!“ rief, „Gendarmerie!“ und immer von neuem:
„Gendarmerie!“? – Es war die Stimme des Fräuleins Rachoinig,
Die die gesetzliche Macht zur Wiederherstellung der Ordnung,
Aber vor allem zum Schutz des bedrängten Adjunkten herbeirief.
Dieser stand noch im Banne des lendengewaltigen Selchers
Und bedeckt von der Schmach beleidigter Fähnrichsehre,
Da doch geschah ihm Erleuchtung, da traf die Posaune der Rache,
Traf die Stimme des Fräuleins Rose Rachoinig auch sein Ohr!
Und er riß sich zusammen, und da auf die Straße der Ausgang
Durch das Getümmel der Crinis umbalgenden Männer verlegt war,
Machte er blitzschnell kehrt, um hofwärts ins Freie zu kommen.
Zwar ließ Fürbaß ihn laufen, allein im Rahmen der Gangtür
Cordula war ihm im Wege. Zum ersten Male heut’ abend
Standen die beiden einander Aug’ in Aug’ gegenüber.
Wortlos forschte die Magd in den Zügen des Mannes, doch scheu wich
Flepsens betroffener Blick dem klaren Gesichte der Magd aus.
Bleicher noch trat sie zur Seite und wehrte nicht fürder dem Ausgang,
Und es stürzte der Fähnrich an ihr vorbei in die Nacht fort.

Vierter Gesang

Pater est, quem nuptiae demonstrant.
Römischer Rechtssatz.

Ein solcher Mann kennt keinen Widerstand,
der Angriff ist sein Element.
Exerzierreglement der k. u. k. Kavallerie.

Werden wir endlich nunmehr die Ehre *und* das Vergnügen
Haben, den Herrn Gendarmen persönlich kennenzulernen?
Wenn auch gewiß nicht privat als Menschen den Menschen (wie käme
Unsereiner dazu, dergleichen auch nur zu hoffen?),
Sondern bloß im Verlaufe des Vorerhebungsverfahrens!
Denn wir waren ja Zeugen des hochnotpeinlichen Vorfalls,
Der sich soeben im Gasthaus zum Störrischen Engel begeben.
Fleps ist schon unterwegs und wird an der Türe des Postens
Gleich den Signalknopf drücken und Assistenz alarmieren.
Denn in Übelbach ist nicht etwa ein trostloser Vater,
Welcher zwei Söhne verloren, und zwar bei dem nämlichen Angriff,
Plötzlich von Sinnen gekommen, vielmehr, im Gegenteil, sondern,
Wenn schon nicht Hochverrat, so doch Empörung im Gange.
Laesio majestatis und Schmähung des Oberkommandos,
Grobe Beschimpfung der Wehrmacht, Aufreizung zur Kriegsdienstverweigrung
Als auch ein tätlicher Angriff auf ein, obzwar nicht im Dienste,
Aber in Uniform befindliches Mitglied des Feldheers,
Kurzum: ein ganzes Bukett verbotener Tatbestände,
Eine Realkonkurrenz in der Sprache der Kriminalisten
Wurde mit Vorsatz begangen, und zwar von Crinis, dem Glaser.
Aber daran nicht genug! Es kann kein Zweifel obwalten,
Daß sich auch *andre* Personen in obbezogenem Wirtshaus,
Ob auch nicht gegen den Krieg, den Kriegsherrn und seine Kommanden,
So doch gewissermaßen zugunsten des Tumultuanten
Einer nicht eben korrekten Stellungnahme beflissen.

Außerdem läßt sich auch nicht mit gutem Fug unterdrücken,
Daß das Verhalten des Pfarrers nicht gänzlich in Ordnung gewesen,
Sintemalen durch ihn beziehungsweise durch seine
Krasse Beschreibung des Krieges der defaitistische Ausbruch
Wenn auch nicht eben veranlaßt, so doch begünstiget wurde.
Alles übrige, als: Verhör, Protokoll und Verhaftung,
Wird sich der Herr Gendarm sofort in Bereitschaft versetzen,
Wird den Amtsraum erleuchten, allwo er auf eiserner Pritsche
All seine Nächte verbringt in diesen gefährlichen Zeiten,
Wird sich, so rasch er nur kann, in Beinkleid und Waffenrock werfen,
Sich mit dem Überschwung gürten, Kartusche und Dienstgewehr nehmen,
Dieses nach Vorschrift laden und dann mit dem Helm auf dem Kopfe
Und „Bajonett gefällt!" im Laufschritt zum Tatorte eilen.
Alles übrige, als: Verhör, Protokoll und Verhaftung,
Raschester Abtransport des gefesselten Inkulpaten
An das nächste Gericht, Verhängung der Voruntersuchung,
Fügt sich dann ganz automatisch auf Grund des Gendarmerieakts:
Litera UE, Zahl 11 ex Junio anni currentis.

Atemlos lauschte die Nacht, die Sterne hingen wie Tropfen
Eisig glitzernden Tau's am leuchtend entfalteten Himmel,
Und die ruhige Frische verhieß einen köstlichen Morgen.
Ob auch der Mond noch nicht dem Zackengehege des Waldes
Spendend entstiegen war, so ahnten ihn doch schon die Wolken
Und ergossen den Abglanz, die zarten, silbrigen Düfte
Über die Gegend herab und machten das einzelne grenzbar.
Also zog auch die Straße deutlich an schlummernden Häuschen,
Ställen und Scheunen vorüber zum anderen Ende des Dorfes,
Wo das Gemeindehaus, ein langgestrecktes Gebäude,
Seine reinliche Front, die Reihe spiegelnder Fenster
Wider das geisternde Zwielicht der sterndurchflimmerten Nacht hielt.
Hier nun stand überm Tor der mächtig sich wölbenden Einfahrt
Würdig auf sauberem Amtsschild: „Gendarmeriekommando",
Hier nun läutete auch am Glockenzuge Herr Fleps an.

Aber es rührte sich nichts, so heftig der Fähnrich auch anriß.
Rostig nur knirschte der Draht und der obere Hebel des Läutwerks,
Doch es klingelte nicht, und auch ansonsten geschah nichts.
Weder entbrannte ein Licht in den Fenstern zu ebener Erde,
Wo seit je die Kanzlei und der Wohnraum der Gendarmerie war,
Noch auch hörte man sonst im Hause irgendein Zeichen.
Freilich hätte Herr Fleps ganz einfach an eines der Fenster
Klopfen können, doch dies entsprach mitnichten der Vorschrift:
War ein Signal vorhanden, so war nur *es* zu benützen.
Ordnung muß herrschen im Staat, insonderheit bei den Behörden!
Hätte vielleicht einem andern der Lauf durch die prickelnde Nachtluft
Oder der Frieden des Himmels die wilde Erregung gesänftigt,
Flepsen berührte dies nicht, und zur Rachsucht gesellte die Wut sich
Über die Mißwirtschaft bei einer ärarischen Stelle.
War es denn auch erhört, daß jemand im kritischen Ernstfall
Nachts vor dem Haus der bewaffneten Macht vergeblich Alarm schlug?
Doch da kam ihm ein Einfall: vielleicht war das Tor nicht geschlossen!
Und er ergriff die Schnalle und drückte und – stand in der Einfahrt.
Hier nun zur rechten Hand war wirklich der Eingang zum Posten.
In dem gespenstischen Zwielicht des aufgegangenen Mondes,
Das aus dem Hof des Gebäudes, dem brunnendurchplätscherten, einfiel,
Fand sich der Fähnrich zurecht und klopfte fürs erste behutsam,
Dann aber immer gereizter an die hochlöbliche Tür an.

Endlich regte sich etwas: vorerst das Reiben von Streichholz,
Dann ein Geknarr und Geraschel, wie wenn ein Mensch aus dem Bett steigt,
Ferner das Schlürfen von Schritten und endlich das matte Gefunkel
Eines sich nahenden Lichtes in Fugen und Ritzen der Türe.
Jetzt aber riß die Geduld dem erbitterten Fähnrich-Adjunkten,
Und, seines Ranges bewußt einer Mannschaftsperson gegenüber,
Herrschte er barsch durch die Tür: „Ich bitte doch endlich zu öffnen!“

Und es *ward* auch geöffnet; indessen, anstatt des Gendarmen,
Stand auf nackenden Füßen und sozusagen im Hemde,

(Einzig ein wollenes Tuch umhüllte dürftig die Schultern)
Stand mit gelösten Haaren und schlafgeröteten Wangen,
Etwas zitternd vor Kälte, ein junges, verlegenes Weib da.

Fleps war genügend von Welt, um sich rasch und geschmeidig zu fassen
Und im verbindlichsten Ton nach dem Herrn Gendarmen zu fragen,
Ob er in diesem Hause denn nicht mehr wohne? Worauf die
Schüchterne Antwort erfolgte: es habe Herr Kirbisch schon abends
Sich auf den Volland begeben behufs eines nächtlichen Dienstgangs,
Morgen erst kehre er heim; worum sich's im übrigen handle?

„Sind Sie die Frau Gemahlin des Herrn Gendarmen?" versetzte
Fleps nun mit Courtoisie, was jene, schon muntrer, bejahte.
Denn die gebildete Art des schmucken Herrn Offizieres
Stieg ihr schnurstracks zu Kopf, in ihr die Dame erweckend,
Die sie doch nahezu war als ehemalige Jungfer
Hochgeborener Frauen und später in einem Bankiershaus.
Folglich errötete sie und raffte um Schultern und Brüste
Enger den wollenen Schal und schlug die Augen zu Boden.
Siegreich lächelte Fleps, der Kenner weiblicher Regung,
Und betrachtete sie mit alles enthüllenden Blicken:
Wahrlich, dieser Gendarm, er schrieb auf schlechtem Papier nicht
Und – er war auf dem Volland! So schien zum mindesten *heut'* nachts
Dieses erschimmernde Weiß ein unbeschriebenes Blatt noch.
Wäre da nicht der Moment, dem Herrn Gendarmen das Pensum
Abzunehmen für heut' und statt seiner – das Blatt zu beschreiben?!

Eben erwog noch der Fähnrich, welche der Angriffsmethoden,
Die ihm geläufig waren, in diesem Falle am Platz sei –
Denn die Methode ist alles im Liebesnahkampf mit Frauen! –,
Als aus der finstern Kanzlei, nein, *weiter* her, wohl aus der Wohnung,
In das verhaltene Schweigen ein gruselig-seltsamer Ton drang.
Hoch aufhorchte Herr Fleps, beunruhigt schien die Gendarmin,
Und es war auch darnach, dies Röcheln, Gurgeln und Schnauben!

„… Stand mit gelösten Haaren und schlafgeröteten Wangen …“

Lag da ein Mensch in den letzten Zügen? Verreckte ein Untier?
Ächzend setzte es an und schwoll zum gemartertsten Stöhnen,
Wurde dann plötzlich gedrosselt, hielt inne und schien mit den letzten
Kräften nach Luft zu schnappen, und dieses immer von neuem!
Ja, ein entsetzlicher Rhythmus war in dem Schreckensgeräusche!
Selbst ein Held wie Herr Fleps, erprobt in den Nächten des Schlachtfelds,
War überrascht und verstört und fragte nur flüsternd: „Was ist das?"
Doch da begegnete ihm aus den Augen des eben noch scheinbar
Angstvoll betretenen Weibes – war es der Blitz der Begierde
Oder ein Lächeln des Spottes? – ein derart verwegenes Leuchten,
Daß die Verlegenheit jetzt an Fleps war, und eh er noch wußte,
Wie er es deuten solle, dies seltsam-verfängliche Lächeln,
Löschte jene die Kerze und schloß vor dem Fähnrich die Tür ab.
Der stand wieder im Finstern, und plötzlich ging ihm ein Licht auf:

Das also war der Dienstgang, der nächtliche, hoch auf dem Volland?!
Dieses Sägegeräusch im warmen Bette zu Hause!?
Derart apokalyptisch schnarcht nur der prall-überfüllte
Magen oder der Schlaf der üppig genossenen Wollust!
Und es schwankte Herr Fleps zwischen Lachen und Ärger, bis daß er
Fast sich fürs erste entschied und zunächst zu folgendem Schluß kam:
Jedenfalls war er ein Kerl, der Kirbisch! Indessen die andern
Braven Gendarmen im Felde gefährlichsten Diensten oblagen –
Oft hielt ihrer ein Häuflein dem ersten Anprall des Feinds stand! –
War er im Lande geblieben und hatte er Hochzeit gehalten,
Pfiff auf den Dienst in der Nacht und ließ sich listig verleugnen!

Langsam entfernte sich Fleps, mit gemischten Gefühlen: im Grunde
Hätte er *doch* auf der Störung des unverschämten Geschnarches
Einfach bestehen sollen! Allein, der Fähnrich vermochte,
Was ihm noch eben vorher mit Crinis, dem Glaser, passiert war,
Plötzlich und seltsamerweise nicht mehr so tragisch zu nehmen.
Heikliger war schon die Lage, in der er sich Fürpaß, dem Selcher,
Gegenüber befunden, vom Standpunkt der Ehre gewesen!

Aber auch dieser begann ihm auf seltsame Art zu verblassen.
Müde? War er denn müd? Oder war ihm das Blut in Verwirrung,
Ohne daß er's gemerkt, durch den Anblick des Weibes geraten?
Ja, eine hübsche Person war sie schon, die Frau des Gendarmen!
Wenn auch die wässerig-blauen, doch immerhin großen und runden
Augen nicht eben von Geist und die Sprache von Bildung nicht zeugte.
Aber welch blühendes Fleisch in dem einfachen Ausschnitt des Hemdes!
Welch eine Weiße der Haut, wenn freilich die wenig gepflegten
Hände von Arbeit auch rot und die Zehen der nackenden Füße
Etwas verkrüppelt waren vom Schuhwerk oder vom Froste.
Aber was schadete dies bei so vielen anderen Reizen?! –
Und so nahm der Adjunkt, indes er von üppigen Bildern
Wohlig umgaukelt dahinschritt, das Weib des Gendarmen ad notam,
Merkte es gleichsam vor auf Vorratskonto der Liebe,
Daß es ihm während des Urlaubs an jenem Materiale,
Das ihm das liebste war, in keinem Augenblick fehle.
Denn es bevorzugte Fleps verehlichte Frauen, bei denen
Folgen, die etwa entstünden, ein andrer ex offo auf sich nimmt.
Und es haßte Herr Fleps den tragischen Nachschmack der Wollust:
Jene beschwörenden Tränen auf Grund der geopferten Unschuld,
Jenen empörten Appell an gegebene Heiratsversprechen!
Und von der Drohung mit Selbstmord, mit welcher in Schande geratne
Mädchen so gern bei der Hand sind, fühlt' er sich ehrlich gelangweilt.

Alles dieses erwägend, und zwar mit Bedacht auf den Ernstfall,
Der ihm ja ohne Zweifel mit Cordula nahe bevorstand,
War er allmählich wieder zum Störrischen Engel gekommen.
Hier aber war es gar still, unwirtlich und finster geworden.
Trübe nur brannte ein Licht in dem ebenerdigen Schankraum,
Völlig wie unbewohnt schien sonst das dunkle Gebäude.
Vorsichtig schlich der Adjunkt sich von einem Fenster zum andern,
Überall hemmte ein Vorhang den spähenden Blick in die Stube,
Nur auf dem *einen* zeichneten sich die Schattenkonturen
Mehrerer Köpfe ab, gespenstisch bewegt und vergrößert.

Fleps erkannte sofort die Fülle von Cordulas Haartracht,
Aber die Köpfe der anderen konnte er nicht unterscheiden.
Jedenfalls fand er die Magd in Gesellschaft und brauchte für heute
Keinen Disput zu befürchten von unangenehmem Charakter,
Und so betrat er getrost, seine Zeche zu zahlen, die Stube.
Da aber bot sich ihm ein unerwarteter Anblick:

Crinis lag wieder wie eh mit dem Haupte über dem Tische,
Aber Cordula war (und auch der würdige Pfarrherr)
Nahe zu ihm gerückt. Es streichelten Cordulas Hände
Zart den zerrütteten Graukopf, es hatte den Arm um des Glasers
Nacken väterlich-milde geschlungen der gütige Priester,
Und so redeten sie mit Worten des Trostes und Bitten
Freundlicher Mahnung ihm zu, doch endlich nach Hause zu gehen.
„Wahrlich", sagte der Pfarrer, „es *hat* ja der Herr dich geschlagen!
Aber es prüfet und züchtigt doch nur, wen er lieb hat, der Vater.
Freilich wissen wir nicht, wohin er mit allem hinauswill,
Und so geziemt uns Gedulden, ob *wir* es auch niemals erfahren.
Wohl, ein Erzeuger, dem Gott die Freude der Söhne genommen,
Ist wie ein Schiff auf dem Meere, das jeglichen Hafens beraubt ward.
Wo denn hin soll es sich wenden? Wohin die geladenen Frachten,
Die es geheimset, führen? Wozu hat's Gefahren bestanden?
Mutlos mag da ein *Schiffer* die Segel streichen, das Steuer
Fahren lassen und sich der Flut und dem Wind übergeben!
Aber nicht so der Christ! Ihm ist ein Hafen geblieben,
Ob ihm der irdische auch durch Fügung verlorengegangen.
Gottes Liebe ist wachsam, und immer schickt er den Lotsen,
Daß er das irrende Schiff an die himmlische Küste geleite.
Und auch ein anderes noch: was sollte darin für ein Sinn sein,
Kummer und Gram zu verzehren wie eine giftige Beere,
Welche die Tollwut erzeugt und die Kraft der Ergebung vernichtet?
Wenn wir ein Liebes verloren, das *nur* noch in unserem Herzen
Weiterzuleben vermag, wer ist da der Herbergsvater,
Der seinen eigenen Söhnen die letzte Zuflucht auf Erden
Niederbrennte im Zorn und in wildem Unmaß des Schmerzes?

Faß es behutsam an, dein Herz, du doppelt verwaister
Vater der tapferen Söhne, und laß sie mit sanfterer Trauer
Weiterwalten in dir als Bilder erinnernder Seele!
Wer denn wüßte auch sonst noch mit solcher Kraft des Erweckens,
Da doch die Mutter auch tot, von ihrem ersten Gestammel?
Wer von dem ersten Gebet, von dem ersten Erglühen des Dankes?
Wer von dem ersten Vertraun und der ersten gelungenen Arbeit?
Crinis, du Glaser, mein Sohn, der viele Gläser geschliffen,
Viele Spiegel gefertigt, dein Herz ist *auch* ein Kristallglas,
Ist wie ein Zauberspiegel, der Tote ins Leben zurückruft!
Hast du den Aberwitz, den Spiegel in Scherben zu hauen?
Wissen wir denn, ob wir *mehr* sind, wir leibhaft lebendigen andern,
Als in einem Kristalle, den freilich ein größerer Meister
Sich vor das göttliche Aug' hält, nur flüchtig gespiegelte Bilder?
Einmal haucht er ihn an, da steigen wir zart aus dem Nichts auf,
Und ein andermal haucht er, und unser Umriß verschwindet!"

Also sprach der Herr Pfarrer. Da schütterte Crinis, dem Glaser,
Schluchzen empor aus der Brust und zugleich mit dem Schluchzen Erlösung.
Inniger strich ihm Cordula über das zuckende Haupt hin,
Fester umschlang ihn der Pfarrer, und willig ließ sich der Glaser
Wie ein hilfloses Kind, das sich müde und selig geweint hat,
Von dem gütigen Priester behutsam nach Hause begleiten.

Aber auch Fleps, der Adjunkt, war einigermaßen „beeindruckt",
Drehte verlegen die Spitzen des Schnurrbarts und hatte den Mut nicht,
Cordula anzusehen oder gar ein Gespräch zu beginnen.
Die doch erledigte stumm die noch übrigen Pflichten des Tages,
Sperrte das Schreibpult der Schank, verschloß den Einlaß zum Keller,
Löschte das letzte Licht, und indem sie die doppelte Glastür
Öffnete und dem Adjunkten den Vortritt ließ auf die Straße,
Sprach sie (nachdem sie vorher noch alles vermacht und verriegelt):
„So, und nun reden auch *wir* ein ehrliches Wort miteinander!"
Und Herr Fleps widersprach nicht und schritt an der Seite des Mädchens.

Atemlos lauschte die Nacht, die Sterne hingen wie Tropfen
Eisig glitzernden Tau's am leuchtend entfalteten Himmel.
Manchmal löste sich einer und flirrte in flimmerndem Bogen
Durch die beständigen Sphären, und Ruhe war wieder im Weltraum.
Aber die irdischen Quellen, die stürzenden Wasser der Schluchten
Waren nun hörbar erwacht in der völligen Stille des Windes.
Nahe am Rande der Straße erklang ihr metallisches Rieseln,
Hastiger sprudelten sie in den blinkenden Rillen der Wiesen,
Denn es war schon der Mond, der himmlische, aufgegangen.
Welch ein erweitertes Bild ergab die beleuchtete Landschaft!
Dort, wo sich früher nur Dunkel von tieferer Dunkelheit abhob,
Seidiges Dämmern der Wiesen von samtenen Schatten der Wälder,
Lag nun alles erfüllt von niedergegangenen Nebeln,
Die das umrissene Licht, das strahlenlose, beglänzte.
Gleich einem silbernen Meere mit langhinwogenden Kämmen
Schienen die Weiten gedehnt; die fichtendunkelnden Kuppen
Schwammen als Inseln darin, von weißen Schäumen umbrandet,
Und es braute die Flut, von Atem- zu Atemzug höher,
Fast bis zur Straße empor, die zwischen dürftigen Linden,
Mitten durch freies Feld, zum Friedhof des Dorfes sich hinzieht.
Dorthin wandelten Fleps und Cordula schweigend selbander.

Als sie jedoch an den Ort, den mauerumwehrten, gekommen –
Kreuze und Male aus Stein überragen die niedrige Friedung –,
Ließen sie sich auf der Bank, die dort geschmiegt in Gebüsch steht,
Nieder, und in die Stille, die flimmernde, sprach nun die klare,
Ruhige Stimme der Magd: „Ich habe dir einmal geschrieben."
„Und ich habe dein Schreiben", versetzte Herr Fleps, „auch erhalten."
Eigentlich hatt' er geplant, den Empfang der Nachricht zu leugnen,
Doch unter Cordulas Blick versagte das Schwindeln zunächst noch.
Jene nickte und fragte behutsam weiter: „So war mein
Brief eine Antwort nicht wert?" – „O doch", beeilte Herr Fleps sich.
„Aber wie das schon ist bei den ewigen Kämpfen da draußen ..."
Dieses log der Adjunkt. Er hatte seit Wochen und Monden –

Was ihm gewiß nach Verdienst als dreimal Verwundetem zukam! –
Nicht an der Kampffront gestanden, sondern im Raum der Etappe.
(Drum auch sein blühendes Aussehen und seine noblen Manieren!)
Aber die Lüge war draußen, und folglich setzte er kühn fort:
„Übrigens hab' ich den Brief nicht schriftlich erledigen *wollen.*
So was *bespricht* sich doch besser, besonders, wenn man im Sinn hat,
Quasi als Kavalier eine Sache zu regeln und ordnen!"

Cordula horchte auf: „Kavalier?" und „regeln" und „ordnen?"
War das der nämliche Mensch, der jene Briefe geschrieben,
Welche die Jahre hindurch in ihr stilles, ärmliches Leben
Wie eines reinen, bedrängten Herzens Boten gekommen?
Hatte sie doch den Adjunkten nur wenige Male gesehen,
Eh er zu Anfang des Krieges als einer der ersten ins Feld ging!
Einmal freilich, da nahm er sich ihrer gegen Andreas,
Pschunders mißratenen Sohn, an, doch sonst war nie zwischen ihnen
Irgendein Zeichen geschehn oder gar auch ein Wort nur gefallen.
Dann aber plötzlich an sie, die Fremde, jene Ergüsse!
Meistens nur Zettel, gekritzelt am Morgen vor einem Angriff,
Oder von einsamer Feldwacht! Erst einfache Worte der Sehnsucht
Nur nach den Wäldern der Heimat, viel später erst Worte der Liebe,
Wie aus den Schatten des Todes an einen Engel des Lebens,
Wie an die Mutter gerichtet! Bis endlich, nach Jahren des Schreibens,
Ununterzeichnet ein Eiltelegramm des Inhaltes eintraf,
Daß das Haubitzregiment Nummer soundsoviel am siebten
März auf dem Abtransporte an eine andere Kampffront
Einen Tag und die Nacht in der nahegelegenen Landstadt
Weilen werde. Und nun, da die Magd seinem Rufe gefolgt war
Und ihm alles gegeben als Mutter *und* als Geliebte,
Wollt' er zu ihr „Kavalier" sein und alles nur „ordnen und regeln"?!

Also horchte sie auf und fragte erbebend: „Was heißt das:
Alles regeln und ordnen?" Und Fleps erwiderte: „Weißt du,
Heiraten kann ich dich nicht, davon war auch niemals die Rede,

Aber wenn ich zurückkomm' – man kann das ja wirklich nicht wissen! –,
So übernehm' ich doch gern, soweit ich es dann noch imstand' bin,
Meinen Teil an der Sorge ..." Allein, die Magd unterbrach ihn:
„Also, wird unser Kind einen ehrlichen Vater besitzen?
Oder wird es das nicht?" Doch Fleps wich rasch und geschickt aus:
„Aber ich sag' dir doch eben, ich bin ja gar nicht im Zweifel,
Daß ich der Vater bin!" Da erhob sich das Mädchen und sagte:
„Wenn du nichts anderes weißt, so bin ich zu Ende und gehe!
Sorgen für unser Kind, das kann ich wirklich allein auch,
Bin ja gottlob! gesund, und um Arbeit ist mir nicht bange!"
„Auch nicht um einen Mann", warf wie beleidigt Herr Fleps ein,
„Der dich mitsamt dem Kind nimmt! An Werbern wird's ja nicht fehlen!"
Aber Cordula schwieg und würdigte ihn keiner Antwort.
Da nun war es an Fleps, den treulos Verlaßnen zu spielen,
Ja, er verstieg sich sogar zu eifersüchtigen Reden,
Und fast wären sie echt und nicht eine Finte gewesen!
Denn die Nähe begann des selig genossenen Leibes –
Oder die Reminiszenz an die Blößen der hübschen Gendarmin! –
Flepsen jäh zu erregen, und eh sie sich dessen versehen,
Schlang er den Arm um das Mädchen und stammelte stürmisch Begehren.
Aber Cordula, sie, die Reine, die Stolze, Empörte,
Die sich als Mutter gegeben und gebend als Mutter empfangen – !

Nein, o unsterbliche Muse! Verzeih es dem nüchternen Sänger,
Daß er nicht auch Kavalier und nicht genug Troubadour ist!
Gerne verschwieg' er es selbst, allein das Lied ist die Wahrheit,
Und das edelste Bild verliert nur durch Schnörkel der Lüge.
Mühelos ließ' sich berichten – und niemand wüßte es anders! –,
Daß sich das Mädchen benahm wie eine erzürnte Heroin,
Daß sie: „Ehrloser Schuft" dem begehrlichen Fleps ins Gesicht schrie
Und sich am Schlusse der Szene mit tragischen Schritten entfernte.
Mühelos wär', wie gesagt, und ritterlich solche Erfindung!
Doch in der Wirklichkeit war Herr Fleps ein Komödiant zwar,
Aber des Sieges gewohnt in unzähligen Schlachten der Liebe,

Und er beherrschte die Taktik und Strategie der Verführung,
Ach, um so besser, je kälter dabei sein eigenes Herz war.
Wohl – und dies sei bemerkt zur Steuer der Wahrheit! – ward diesmal
Ihm der Endsieg nicht leicht, die Wehrlosmachung des Gegners!
Allzuviel Bitterkeit, *zu* große Angst und Enttäuschung
War über Cordulas Herz wie Frost über Blüten gegangen.
Aber sie war doch ein Weib, und tief auf dem Grunde des Leibes
Schlummerte doch auch ihr die alles verklärende Sehnsucht
Und erweckte in ihr das reizende Blühen der Sinne.
Also entwand sie sich zwar vorerst dem Arme des Mannes,
Aber der stärkern Gewalt des *alles* bezwingenden Gottes,
Wirkend im eigenen Blute, entwand sich, obsiegte auch sie nicht.

Atemlos lauschte die Nacht, die Sterne hingen wie Tropfen
Eisig glitzernden Tau's am leuchtend entfalteten Himmel.
Manchmal löste sich einer und flirrte in flimmerndem Bogen
Durch die beständigen Sphären, und Ruhe war wieder im Weltraum.
Aber die irdischen Quellen, die stürzenden Wasser der Schluchten
Rauschten nicht mehr allein in der völligen Stille des Windes.

Fünfter Gesang

Pange, lingua, gloriosi
Corporis mysterium
Sanguinisque pretiosi,
Quem in mundi pretium
Fructus ventris generosi
Rex effudit gentium.

„ … Kerzen in Fenster gestellt und Heiligenbilder befestigt … “

Endlich enttrat er dem Osten, der Morgen des christlichen Festes,
Und in Übelbach wuchs die Bewegung mit steigender Sonne.
Früh schon weckten die Pöller, und immer wieder erklangen
Alle Glocken zusammen, und Fahnen wehten von Giebeln.
Überall wurden die letzten Rüstungen eilig beendet,
Kerzen in Fenster gestellt und Heiligenbilder befestigt,
Und aus dem frühen Herdrauch der Küchen und Stuben entließen
Türen und Tore bereits die hellgekleideten Kinder.
Auch in der Kirche ward emsig geschafft; die Gattin des Mesners
Und die Köchin des Pfarrers, sie ordneten, schmückten und fegten.
Festlicher blinkte dazu im schrägen Einfall des Frühgolds
All der bescheidene Zierat am heiligen Tische des Herrn, und
So wie das leuchtende Blut aus den mystischen Wunden des Dulders
(Der auf dem Bilde der Apsis in schmerzensreicher Gebärde
Allumfassender Liebe als Kruzifixus gemalt war)
Mild überströmte der Purpur der Alpenrosen das schlichte
Weihegerät des Altares aus silbernen Schalen und Vasen
Als ein ergreifendes Sinnbild des blütenopfernden Frühlings.

Nun aber ward's auch belebt auf dem stillen Platz um die Kirche:
Als die ersten am Orte erschienen die Wandrer von weit her.
Dörfer- und sippenweise waren sie lang unterwegs schon;
Denn der hiesige Umgang genoß in der Gegend Berühmtheit.
Wortkarg standen die ältlichen Männer in Gruppen beisammen,
Trugen den schwarzen Anzug, den sorglich gehüteten, der sie
Treu durch das Leben geleitet, vom Traualtar bis auf die Bahre,
Und in anderen Gruppen standen beisammen die Weiber,

Gleichfalls würdig gekleidet, mit bauschigen wollenen Röcken.
Aus der hellen Umrahmung der weißen und gelblichen Tücher
Schauten noch blühende junge und alte vergrämte Gesichter
Mit dem nämlichen Blick der Ergebung in Armut und Arbeit,
Und die gehärteten Hände hielten alle mit gleicher
Kinderfrommer Gebärde das schwarze Gebetbuch umklammert.

Doch es wäre ein Unrecht, vom Übelbacher Fronleichnam
Etwa behaupten zu wollen, daß ihn nur Landvolk besuchte!
Nein, in Übelbach wohnten auch andere, „bessere" Leute:
Allerhand kleinere Rentner, zumeist aus der Hauptstadt des Reiches,
Pensionierte Beamte, mitunter mit mehreren Töchtern,
Welche infolge des Mangels an Mitgift sitzengeblieben,
Frauen von Offizieren, die, während die Gatten im Felde,
Wegen des billigern Lebens in dieses Gebirgsdorf gezogen,
Kurzum: diverse Private, die etwa ein Häuschen im Orte
Samt einem Gärtchen besaßen und die in verflossenen Tagen
Mancherlei Rollen gespielt, bisweilen auch recht kuriose.

Längst nun waren indessen die Frömmsten im Kirchlein versammelt,
Kniend in stummem Gebete, besonders die älteren Weiber,
Und man wußte nicht recht, warum das Hochamt nicht anfing,
Als aus der Tiefe des Tals – oder klang es am Ende aus Wolken?! –
Wie einer riesigen Hummel ein dröhnend-metallisches Surren,
Drohend und oft übergellt von nie noch im Dorfe gehörten
Mißgestimmten Signalen, in wachsender Eile herankam.
Allgemeine Bewegung beim Volk vor der Kirche! Die meisten
Bogen die Hälse zurück und lugten und spähten nach oben,
Aber es war kein Flieger, kein feindliches Bombengeschwader,
Das sich das harmlose Örtchen zum Ziel seiner Würfe erkoren,
Sondern das Automobil der hohen Landesregierung,
Welche ihren Vertreter zum Übelbacher Fronleichnam –
Eben war die Verständigung diensttelegraphisch gekommen –
Heuer zum erstenmal in die hiesige Gegend entsandte.

Allen stand der Verstand still. Doch ehe die Menge zu sich kam –
Kein Laokoon warnte die guten Trojaner am Volland! –,
Bog auch schon um die Ecke der solchen erlauchten Vehikels
Nie noch gewürdigten Straße der vornehm geschlossene Wagen,
Lenkte im Schritt durch die Menge und hielt am Portale der Kirche.
Staunend raunte das Volk, die Männer entblößten die Häupter,
Ob sie was sahn oder nicht, für alle Fälle in Ehrfurcht,
Doch nur die allernächsten gewahrten des Funktionäres,
Welcher, vom Ortsvorsteher mit tiefem Bückling empfangen,
Sich mit elastischen Schritten zum Platz am Altare verfügte.
Jetzo erklangen die Glocken, der Blasbalg und die Pedale
Ächzten und klapperten los, und rauh mit asthmatischem Pfauchen
Strömte die Luft in das Werk, und die Orgel hub an und die Handlung.

Köstlich wäre es nun, den Herrn Regierungsvertreter
Auch aus der Nähe zu sehen, sein hochgezüchtetes Antlitz
Samt dem Monokel im Aug' zu beobachten, wie es von Andacht
Schier vergeistiget ward – denn sonst war wenig von Geist drin –,
Wie er in jeder Bewegung, im lässigen Schneuzen der Nase,
Ja, im gelangweilten Blick, die Sonne, deren Planet er
War, zu versinnbilden wußte! Dies wäre Erlebnis und Ehre!
Wir doch verbleiben modest im Hintergrunde der Kirche,
Bis nach dem *Agnus Dei* zum *Pange, lingua* der Pfarrer
Preisend die Stimme erhebt, und betrachten den heiligen Umgang
Dann im *unteren* Dorfe, wo wartend auch anderes Volk steht.
Und wir harren nicht *lang* dort! Denn feierlich melden die Glocken
Schon das Ende des Amts, und indes ein Eratmen der frommen
Neugier die Menge durchläuft, erscheint auch die Spitze des Zugs schon.

Inniges Schauergefühl des wundergewärtigen Herzens,
Wird es dich wieder ergreifen wie einst und in Tränen der Rührung
Dir nun die Seele erschüttern, der du ein Zweifler geworden?
Ach, nicht einmal ein Zweifler! Ein trotzig Wissender bist du
Oder vermißt dich's zu sein und schämst dich des Glaubens der Kindheit!

Aber stille davon! Schon nahen, von Knaben getragen,
Nahen, von Knaben gefolgt, in Paaren die ersten der Fahnen!
Weinrot schweben sie her, geliebkost von goldenen Lüften,
Und die Lerchen im Blau, die bunten Gebinde der Wiesen
Grüßen mit Allelujah und süßen Gerüchen des Frühlings.
Aber den fahnentragenden Knaben folgen die Mädchen:
Liebliche Welle aus Schnee des weißen Batists und der Unschuld!
Ist so viel Blond in der Welt, daß alle die flimmernden Köpfchen
Überquellen davon? Sind *so* viel glückselige Augen?
Hat sich der Himmel verschenkt an *so* viel blau leuchtende Sterne?
Oder in sie sich geflüchtet? Weil wir erwachsenen andern
Gottes Erde mit Blut und Lüge und Unzucht besudeln?
Stille, o stille auch *da*von! Und ziehet vorüber, ihr süßen
Kleinen Mütter von morgen, aus deren noch dämmernden Schoßen
Sich die Menschheit dereinst verjünge für edlere Zeiten!
Oder bleibet doch, bleibet! Was kann noch kommen, das werter
Wäre, den gütigen Christ und das Wunder der Wandlung zu ehren?
Aber da lärmen bereits ganz wüst-kakophonische Töne!
Ist dies zu heidnischem Unfug ein Aufzug oder zur Fastnacht?
Nicht doch! Vergib ihnen, Herr, sie wissen ja nicht, was sie tun, und –
Nimm den Willen fürs Werk, denn siehe, *er* ist der beste!
Ja, die Bürgerkapelle – wir hörten schon gestern sie proben! –
Rückt nun behäbig heran. Als Tambourmajor an der Spitze:
Meister Oremus, der Schmied, ein Herkules, der statt der Keule
Stramm den betroddelten Stab mit grimmigem Ernste im Takt schwingt.
Ihm sofort auf dem Fuße folgen die Bläser des Holzes.
Krampfhaft preßte allhier Herr Hitzgern, der Maurer, die Lippen
Rings um das triefende Mundstück der keifenden C-Klarinette,
Während Hiebaum, der Schreiner, das zwitschernde Pikkolo falsch blies.
Ja, er *war* ein Mephisto! Denn seine Figuren und Triller
Hätten ein Engelorchester zu höllischem Lachen gekitzelt,
Wäre das Blech nicht gewesen, das schmetternd, heulend und dröhnend
Alles Gequiek überbot. Hier blähten im Schweiße die Backen
Johann Baptist Populorum und Crisper, der Bote des Postamts,

Während Schwinzerl, der Schinder, Nachtwächter und Totenbestatter,
Mit kopromanischer Wollust dem Messinggedärm des verstopften
Riesigen Baßbombardons die verwegensten Töne entlockte.
Aber sie alle hielt mit den eisernen Fäusten des Schlächters
Fürbaß Romanus im Taktzaum, der lendengewaltige Selcher.
Mächtig karbatscht er das Fell und züchtigt dazu die Tschinellen,
Aber Vitus vor ihm, ein andrer Christophorus, schleppte,
Ähnlich wie jener das Christkind, die Trommel getreu auf dem Rücken,
Eher gewillt zu vergehen als diese fahren zu lassen!

Dieses war die Musik. Ihr folgten, mit Schleiern und Myrten
Bräutlich dem Himmel geschmückt, in Paaren die christlichen Jungfraun.
Göttlicher Schöne, so denkt sich der Glaube den Herrn und Heiland,
Schmerzhaft, doch holdester Bildung, die Jungfrau-Mutter Maria;
Anmutig schildert die Schrift den Lieblingsjünger Johannes,
Und die Heiligen alle, besonders die weiblichen, adelt
Selbst die kanonische Kunst auch durch *irdische* Reize; woraus sich
Zwingend ergibt, daß Schönheit nicht *immer* nur Blendwerk der Hölle.
Jene aber, o Gott, sie machten dem Meißel des Meisters,
Der sie zu Ebenbildern der eigenen Herrlichkeit formte,
Ach, nur bescheidene Ehre und ließen die Reinheit des Fleisches
Weniger als ein Verdienst denn als Not und Verhängnis erscheinen.
Aber die Schönheit der *Herzen!* In Gottes Namen, vorüber!
Nicht doch vorüber, noch nicht! Denn siehe, wer pfaut da am Ende
Dieses jungfräulichen Zuges? Wer trägt seine windige Unschuld
Gleich einer Jahrmarktmonstranze des sittlichen Hochmuts vor sich her?
Kennen wir dieses Gesicht nicht, die lüsterne Ziegenvisage
Mit dem perfiden Geschau der scheinheilig lauernden Tücke?
Rührend noch war der Verzicht bei den anderen himmlischen Bräuten,
Rührend das grobe Schuhwerk, die arbeitzermarterten Hände
Und der gesenkte Blick der gottergebenen Einfalt!
Jene doch spreizt sich pompös mit wallenden Federn am Plüschhut,
Und ihr plebejischer Fuß ist gezwängt in den zierlichen Lackschuh.
Ja, sie ist es, sie ist's, die heute in frühester Frühe

Schon auf der Gendarmerie war und *selbst* sich als Zeugin erboten
Gegen Crinis Ernest, den unglückseligen Glaser!
Diese himmlische Braut ist das Fräulein Rose Rachoinig!
Und ihr folgt auf dem Fuß der Verein der christlichen Witwen.

Nehmet die Hüte ab, hier schreiten beladene Leben!
Freudlos gewordene Leiber, die Arbeit und Kummer verblühte!
Leiber, die Kinder geboren, Weiber, die Männern gehorsamt,
Welche heute wie Korn zu blutigen Garben der Tod mäht!
Ja, entblößet die Häupter! Hier schreiten die Witwen der Helden,
Harte und wehe Gestalten, die jetzt für Kinder und Enkel
Männerarbeit verrichten am Pfluge, im Haus, in der Scheune!
Aber auch ihnen folgt, wie das Satyrspiel der Tragödie,
Eine skurrile Gestalt. Wir sehen sie heute zum ersten
Male und merken sie uns. Denn immer noch zeigen die Züge
Dieses bemalten Gesichtes die Spuren einst herrischer Schönheit.
Wo aber ist das Gefolge der Jobber und Kavaliere,
Welches du einstens, Jadwiga, als goldene Schleppe dir nachzogst?
Dann doch, als dieses vorbei mit der Macht deiner eigenen Reize,
Wo ist alle die Unschuld der ausgebeuteten Mädchen,
Die du den wüsten Klienten um klingenden Sündenlohn zutriebst?
War da ein Augenblick nicht, wo brutale Aufseherhände
Jenes begeisternde Goldhaar, nach dem man einstens Pomaden,
Duftende Wässer, Frisuren und zierliche Kämme benannte,
Unter die Schere nahmen, wie es die Vorschrift im Strafhaus
Unerbittlich befiehlt? Indessen, die weiße Perücke,
Immer noch kunstvoll koiffiert, bedeckt, wie der gnädige Mantel
Christlicher Nächstenliebe, verjährte Sünde und Sühne,
Und Jadwiga Paschanda besitzt eine trauliche Villa,
(Eines Magnaten Legat, den in *ihren* Armen der Schlag traf!)
Und Jadwiga Paschanda hat ihre Brillanten und Perlen
Für einen kräftigen Ablaß der heiligen Kirche verschrieben,
Und Jadwiga Paschanda, obwohl doch niemals verehlicht,
Schreitet im Zuge der Witwen, und niemand macht ihr das streitig;

Denn, wo die anderen *einen,* beweint sie unzählige Männer,
Und wer vielfach gesündigt, dem wird auch vielfach vergeben,
Weil ja *nicht* nur im Himmel, sondern auch manchmal auf Erden
Mehr der Befriedigung ist über *einen* reuigen Sünder
Denn über hundert Gerechte, die *nicht* der Buße bedürfen!

Nun aber Ehrfurcht, auch du, unsterblich, doch heidnische Muse,
Die du den Göttern Homers den freudigen Hymnus gesungen!
Siehe, auch wir noch erschauern beim Namen des großen Kronion,
Und, was die Besten der Griechen in Träumen der Dichtung und Weisheit
Ahnend erschaut und ersehnt, der Nahende hat es vollendet
Als der Erlöser der Welt! Drum Ehrfurcht, unsterbliche Muse!
Und auf Wellen von Duft, gefächelt von purpurnen Bannern,
Schweben schon heilige Weisen, und sind's auch unheilige Stimmen,
Hier verstummt die Satire, obwohl ihr zu schweigen nicht leichtfällt;
Denn der Herr Lehrer Scholaster – er hatte den ganzen Lassalle zwar
Durchaus mit Eifer gelesen, wenn auch nicht eben verstanden! –
Fistelte hier den Tenor in dem Chore der kirchlichen Sänger,
Welchem mit ihrem Alt bisweilen auch Cordula aushalf,
Während Sophie Populorum, die staatlich geprüfte Hebamme,
Frischenschlager Marie und die Witwe des Grünzeugverschleißers
Mehr oder weniger falsch den oberen Stimmen oblagen.
Aber den brummenden Baß verweste Martellanz, der Förster.

Doch nun auch dieses vorbei! Schon schellen die silbernen Glöcklein,
Von Ministranten geschwungen, schon blauen die Wolken des Weihrauchs!
Und, umflackert von Kerzen, umblinkt von den Helmen der Brandwehr
Und umglänzt vom Brokate des assistierenden Klerus,
Schwankt nun der Himmel heran und überschattet mit Purpur
Das jahrtausendgeweihte Symbol des heiligen Leibes.
Siehe, da beugt sich das Knie, da steigen die Tränen, da blühet
Inbrunst der Kindheit aus dir, das keusche Erschauern der ersten
Beichte und Kommunion! Was tut es, daß neben dem Pfarrer
Unter dem Baldachin – wie der Schächer neben dem Heiland! –

Pschunder Tobias, der Wirt, mit dem Schelmengesichte der Habsucht
Und in dem roten Habite des Kirchenvaters einherschritt?!
Dieses gebührte ihm *wohl* als dem reichsten Manne der Gegend,
Und so gehört es sich auch! Denn immer noch, weil es die Welt gibt,
Hat dem Erhabnen sich seine Fratze, sein lästerndes Zerrbild
Hämisch hinzugesellt, damit wir *jenes* begreifen!

Und der Himmel vorbei! Vorüber die Klänge und Düfte
Weihrauchs, schwelenden Wachses und all der geopferten Blumen,
Welche die Hände der Unschuld dem Wege des Heilandes streuen!
Aber dem Himmel als erster folgt – der Regierungsvertreter!
Vornehm degeneriert, mit dem hängeschultrigen Gang des
Kavallerieoffiziers (der niemals Pulver gerochen!)
Stelzte der Herr Kommissär zur Rechten Künigl Josefs,
Der, in die Klemme geraten zwischen die himmlische und die
Irdische Majestät, halb Kniefall, halb Bückling, einherging.
Jetzt aber, Muse, was kommt da in stolzem Abstand vom letzten
Paar der Gemeinderäte, die vaterunsernd vorbeiziehn?
Ist der Leviathan dies? Ist dies einer Apokalypse,
Welche ein Schalksnarr geschrieben, ist dies einem Alptraum entsprungen?
Siehe, ein Vollmondgesicht, einem Molch, einer Quappe entwendet,
Bläht sich zwischen zwei Schultern, die waagrecht erstarrt sind! Sind diese
Künstlich nach aufwärts gesträubten und dick mit Pomade verklebten
Pinsel rötlicher Borsten, ist dieser Schnurrbart noch menschlich?
In das erschütternde Grau der nackten, gemarterten Erde
Unauffällig gekleidet, verbluten zurzeit Millionen,
Während *dieses* da bunt ist und eitel von Silber und Gold strotzt!
Ragte vom Haupte ihm nicht eine freche metallische Spitze,
Welche grell in die Luft stach und blinkend die Sonne zurückwarf?
Wülstig tauchte der Hals aus der zwängenden Röhre des Kragens,
Welcher mit allerhand Flicken, mit Litzen und Blitzen benäht ist!
Wie eines Pferdes Kruppe, so wölbt sich von Watte und Würde
Dieses Gebildes Brust, auf welcher Medaillen und Bänder,
Wie eines Preisstiers Schmuck, die von anderen blutig verdienten

Ehrenzeichen des Mutes verdächtig und lächerlich machten!
Was war selbst der Kothurngang des Herrn Regierungsvertreters
Diesem gewaltigen Schreiten und Pathos der Macht gegenüber?
Jeder Schritt des Kommißschuhs ein Trumpf des uniformierten
Spießers, der alles, was schlicht und ohne die Merke des Ranges
Friedliche Wege geht, mit Lakaienanmaßung geringschätzt!
Nicht doch, satirische Muse, so war es nicht wirklich, so *schien's* nur!
Was hier in stolzer Distanz von der übrigen Menschheit einherging,
Was sich, ein dürftiger Lurch, zum dräuenden Lindwurm emporblies,
War in der frevelnden Pracht der Waffen und farbigen Lappen
Nicht das gewaltige Laster, sondern *nur* in der Maske
Amtlicher Strenge und Würde und kühn-militärischen Pompes –
Siehe, es kreißte der Berg, und der Wurf ist ein lächerlich Mäuschen! –,
War, um es endlich zu sagen, der Held des Gedichtes, war *Kirbisch!*
Und ihm folgte das Volk der rosenkranzmurmelnden Beter.

Mittag nahte heran, schon war auch am vierten Altare
Gottes Botschaft gelesen und allen der Segen gespendet,
Immer noch krachten die Pöller, und immer noch dröhnten die Glocken,
Und die Kapelle des Dorfes vollzog ihren Höllenspektakel.
Glühender strahlte der Tag auf die immer müdern Gesichter,
Und die Ordnung des Zuges begann sich allmählich zu lockern.
Bleich, mit zitternden Knien, so wankte der gütige Pfarrherr
Unter dem Baldachine dem Gotteshause entgegen.
Wer nicht mittun *mußte,* verlor sich, sobald er nur konnte,
Abseits in kühlende Schatten, besonders zum Störrischen Engel,
Wo für den Herrn Kommissär und die anderen Standespersonen,
Blumen- und gläsergeschmückt, die Tafel zum Festmahl gedeckt war.
Katharina, die Köchin, am ungeheueren Herde
Kommandierte die Schar der eigens gedungenen Mägde
Mitten unter den Pfannen und Blechen mit Braten und Kuchen.
Schweißes Perlenbelag bedeckte die rötliche Stirne,
Staute sich zwischen den Brauen und lief dann in beizenden Bächlein
Bis an die Spitze der Nase, um schließlich in Suppen und Soßen,

Wie es sich eben ergab, als die feinste der Würzen zu fallen.
Aber im kühlen Gewölb des geräumig-dämmernden Kellers
Lagen zum Anstich bereit die Fässer des würzigen Bieres,
Und in dem tiefsten Gelasse, wo niemals noch Tageslicht hinkam,
Lugten aus mächtigen Trögen voll winzigzerstückelten Eises
Golden und silberne Hälse von dunkelgrünbäuchigen Flaschen,
Daß der Herr Kommissär nach dem Toast auf den obersten Kriegsherrn
Richtig in Stimmung gerate und dann auch höheren Ortes
Untertänigst vermelde beziehungsweise berichte,
Daß man im Dorfe am Volland, im Gasthof zum Störrischen Engel
Dank seines tüchtigen Wirtes genau wie im Frieden verpflegt ist.

Aber es kam *ganz* anders, als Pschunder sich's vorgestellt hatte!
Zwar benahm sich der Graf, der Vertreter der hohen Regierung,
Während der Fütterung selbst geradezu reizend. Er ließ sich
Freundlich zu jedem herab und, wenn er auch Küche und Keller
Just nicht mit *Worten* belobte, so hieb er doch gar nicht so gräflich,
Sondern plebejisch ein und schmauste und schlürfte für dreie.
Aber nachdem er den Toast auf den Landesfürsten gesprochen,
(Worte der Siegesgewißheit und homagialen Empfindens!)
Sah er pressiert auf die Uhr, befahl seinen Wagen, bestieg ihn,
Salutierte noch lässig nach allen Seiten den Gaffern,
Und nachdem er sich noch genau erkundiget hatte,
Wo die Gendarmerie sei, begab er sich schnurstracks zu Kirbisch.
Diesen entscheuchte er rauh seinem Mittagsschläfchen, das dieser
Faul auf dem Bett der Kanzlei in Unterhosen verbrachte,
Ließ den Halbnackenden strammstehn
und schnauzte ihn höhnisch und barsch an,
Ob er nicht wisse, daß Krieg sei, und ob er das Amtsblatt nicht lese!
Überall Hunger und Not, und hierorts lebe das Völkchen
Just wie in Abrahams Schoß und pfeife auf die Behörden!
Wenn der Gendarm nicht sofort, das heiße, binnen drei Tagen
Allen Erlässen bezüglich des Lebensmittelverbrauches
Geltung zu schaffen verstehe, so werde man Mittel und Wege

Unschwer finden genug, um ihn an die Front zu versetzen!
Knallte die Türe ins Schloß und stob mit dem Auto von dannen.

Schlotternd stand der Gendarm und rieb sich die glotzenden Augen,
Dann aber faßte ihn Wut und panische Angst vor dem Frontdienst,
Und er begann sich zu gürten, behelmte den Glatzkopf und pflanzte
Sein Bajonett aufs Gewehr und begab sich zum Störrischen Engel.
Dort konfiszierte er alles: Verbotenes *und* auch Erlaubtes,
Lärmte und spürte herum vom Dache bis in den Keller,
Nahm auch im Falle Crinis sofort ein *Vor*protokoll auf
Und verließ das Lokal in Schweiß gebadet und grußlos.

Schrecken lähmte das Dorf. Die Leute standen in Gruppen
Und diskutierten gedämpft das unerhörte Ereignis.
Kaum daß die Hunde es wagten, so recht von Herzen zu bellen,
Und schon um acht Uhr abends verloschen sämtliche Lichter.
Keine Seele betrat die Stube beim Störrischen Engel,
Nur Herr Pschunder, der Wirt, saß einsam wach in dem Raume,
Der noch vor wenigen Stunden so festliches Leben beherbergt.
Schwinzerl, der Totengräber, Nachtwächter und Schinder des Dorfes,
Sah bei der Runde um zwei noch immer den Wirt bei der Kerze
Über sein Hauptbuch gebeugt und drüberhin manchmal ins Nichts schaun.
Ja, es war anders gekommen, als Pschunder sich's vorgestellt hatte:
Wolken ziehen herauf, die schwarze, blutige Kriegsfaust
Greift in das friedliche Dorf, und vorüber ist die Idylle!
Also endete trüb der Übelbacher Fronleichnam.

Zweite Episode:

Die Schande

Sechster Gesang

Οὐ γάρ τι στυγερῇ ἐπὶ γαστέρι κύντερον ἄλλο
ἔπλετο, ἥ τ' ἐκέλευσε ἕο μνήσασδαι ἀνάγκῃ ...

Denn es ist nichts hündischer als des niedrigen Bauches
Notdurft, der da jeden nötigt, sein zu gedenken ...

Odyssee, Siebenter Gesang.

Denn der Pöbel hält es nur mit dem
Schein und dem Ausgang einer
Sache; und die Welt ist voller Pöbel.

Machiavell.

Singe, o Muse, den Zorn ...! Doch nein, noch singe den Zorn nicht
Pschunders, des grimmigen Wirts, dem der plumpe amtliche Zugriff
Feinste Gespinste zerriß und die Sommerhoffnung zerstört hat!
Denn schon naht der Termin, zu dem die reklamebetörten
Fremden erwartet werden im Dorf am gewaltigen Volland.
Alles, was irgend bewohnbar an Kammern, Verschlägen und Stuben,
Sei es beim Engel selbst oder sonst in Gehöften und Villen,
Ist nun bis in den Herbst vorausbestellt und vermietet.
Selbst Jadwiga Paschanda hat das pikante Geheimnis
Ihres entzückenden Heimes erschlossen und ihre Mansarde –
Rumpelkammer bisher für den Hausrat aus wilderen Tagen! –
Züchtig und christlich möbliert zu Übelbachs Ehre und Aufschwung.
Was aber nützte das alles, wenn Pschunders Friedensverpflegung
(Reichlich, billig und gut nach bürgerlichen Begriffen!)
Sich als Schimäre erwies? Und sie *wird* sich als solche erweisen,
Falls nicht ein Wunder geschieht, und der Wirt wird geprellt und blamiert sein.
Drum nun raste der Mann, doch vorsichtshalber für *sich* erst;
Denn, noch war er allein der Geschädigte, und die Bedrückung
War noch nicht allgemein. Da mußte noch manches geschehen,
Was dann auch wirklich geschah. Indessen aber zerbrach sich
Alles im Dorfe die Köpfe, ob nicht am Ende der Böse
Selbst in den Kirbisch gefahren und geile Schösse aus ihm trieb.
Und, so wahr mir Gott helfe, die Frage war mehr als berechtigt!

War denn dieser Gendarm in der Tat der nämliche Mensch noch,
Welcher, seit Jahren im Orte, bescheiden, bequem und gemütlich,

Gott einen guten Mann und die Fünfe gerad' sein gelassen?
Kutscher, die fahrend schliefen, und wandernde Professionisten:
Kesselflicker, Hausierer, Krowaten und arme Gottscheer,
Erstere aufzuschreiben, die anderen aber im Sinne
Des Vagabundengesetzes nach ihren Papieren zu fragen,
Schien seine einzige Pflicht und füllte sein dienstliches Jahr aus.
Was sich ansonsten herumtrieb und ihm nicht just in den Weg lief,
Lebte in Ruhe vor ihm und zog seines Weges in Frieden.
Höchstens daß *einmal* im Lustrum auf irgendeinem entfernten
Hofe ein struppiges Huhn oder gar eine Färse geschnappt ward;
Diesfalls schrieb er Berichte und trug sie persönlich zum Postamt;
Niemand doch hatte gehört, daß jemals ein Dieb eruiert ward.
Und in der übrigen Zeit bestellte der Gute sein Gärtchen,
Spaltete Holz, trug Wasser und fegte höchstselbst den Kamin aus,
Züchtete Bienen, obwohl in Übelbach keine gediehen,
Putzte mit Fleiß sein Gewehr, obwohl er es niemals doch abschoß,
Trug den Bart in der Binde, obwohl er doch kaum aus dem Haus ging.
Lebte nur der Familie, obwohl ihm Nachwuchs versagt blieb,
Und genügte sich selbst und, wie wir erhoffen, mit Gottes
Hilfe auch seiner Getrauten, die nächtens kennenzulernen
Wir das Vergnügen bereits bei andrer Gelegenheit hatten.
Diese nun ihrerseits war der echte gewesene Dienstbot,
Schlurfte zu Hause in Schlapfen und ging in schlampigen Kitteln
Trübe der Arbeit nach des ewigen Kochens und Räumens,
Hatte das strähnige Haar wie jede gewöhnliche Stallmagd
Glatt aus der Stirne gekämmt und im Nacken zum Neste geknotet,
War im Verkehre linkisch und tat nur selten den Mund auf,
Und wofern es geschah, daß sie alle heiligen Zeiten
Einmal mit ihrem Gemahle den Störrischen Engel besuchte,
Niemand bemühte sich da um ihre Gesellschaft; gelangweilt,
Schläfrig, verschüchtert und stumpf, den ganzen Abend an einem
Einzigen Seidel nippend, verbrachte sie unter den Weibern,
Während am Nebentisch die behäbigen Bauern und Bürger
Ihrem Gesponse den Zoll nachsichtiger Höflichkeit gönnten.

War er für sie doch der Niemand, ein Zugereister und armer
Schlucker von einem Gendarmen, der keinem von ihnen im Weg stand.
Das aber war nun auf einmal ganz anders geworden: am Gut des
Reichsten und mächtigsten Mannes im Dorfe hatte der Freche
Sich zu vergreifen gewagt, und Schlag erfolgte auf Schlag nun.

Schreckliche Dinge geschahn! In der Früh nach Fronleichnam begann die
Einvernahme der Zeugen im Falle Crinis, des Glasers.
Ganz besonders vernommen wurde das Fräulein Rachoinig,
Während Fleps in der kritischen Nacht noch von dannen getrabt war.
Wieder den Tag drauf ward Crinis, der Glaser, verhaftet
Und, an den Händen gefesselt, dem nächsten Gericht übergeben.
Alles trat vor die Türen, stumm gafften die Leute, und niemand
Wagte den Alten zu grüßen, der wie ein Heiland in Schmach ging.
Als nun auch dieses vollbracht und Kirbisch wieder zurück war,
Trat er gewaffnet ein bei Frischenschlager, dem Bäcker,
Konfiszierte bei diesem den Vorrat an griffigem Weißmehl,
Kam hierauf in die Fleischbank des lendengewaltigen Selchers,
Konfiszierte daselbst das Geselchte, den Speck und im Keller
Sieben gewaltige Fässer des weißesten, lautersten Schmalzes,
Doch bei Baptist Populorum, dem findigen Krämer des Dorfes,
Suchte der Scherge vergebens nach Lebensmitteln; es hatte
Jener sie alle schon längst an verborgensten Orten vergraben.
Nur an Petroleum, Kerzen, Benzin und an Speise- und Brennöl –
Lauter in jenen Zeiten dem Handel entzogene Sachen! –
Fiel dem behördlichen Griff ein erkleckliches Quantum zum Opfer.
Wutaufheulte das Dorf, Empörung ging um und Entsetzen.
Alles stürzte zum Vorstand, doch Künigl Josef war machtlos,
Stammelte nur „Meine Herrn!“ und wusch seine Hände in Unschuld.
Alles stürzte zu Pschunder, doch dieser zuckte die Achseln:
Nämliches Recht für alle! Doch freilich, wenn an der Spitze
Andere Leute stünden, so wäre auch mancherlei anders! –
Alle gaben ihm recht und witterten rettenden Umsturz;
Hätten sie freilich gewußt, daß hinter all den Schikanen,

Welche auch *sie* nun ereilt, anonym der Verschlagene selbst stak,
Hätten sie ihn gelyncht und womöglich gepfählt und gevierteilt.

Aber das Ärgste geschah erst! Und wenn es auch, strenge genommen,
Nichts als die logische Folge von allem Bisherigen war, so
Brachte es dennoch die Flut der allgemeinen Erbosung
Erst in entscheidende Wallung, den offenen Aufruhr entfesselnd.
Köstlich war jener Tag, an dem sich's ereignete: Brachmond
Neigte zum Ende bereits, und tief in der Ebene unten,
Welcher der Volland entstieg mit Hängen und tosenden Tälern,
Rankte die Bohne sich schon und die Kresse um spiegelnde Fenster,
Rosen und Nelken glühten, balsamisch hauchten die Linden,
Und die Gefilde belebte bereits die Arbeit der Schnitter.
Anders in Übelbach-Dorf! Hier war noch immer der Frühling.
Schüchtern erst sproßten die Beete der später gepflanzten Gemüse,
Wintersaat überwellte noch blaugrün bräunliche Lehnen,
Flieder blühte sogar noch an nördlich-beschatteten Zäunen,
Und auf den Wiesen, die schon zu Fronleichnam Teppichen glichen,
War die quillende Erde am Werke, immer noch neue
Blumen, Gräser und Kräuter aus ihrem Schoß zu gebären.

Wiesen, o Wiesen der Berge! Umsonst nicht dachten die Alten
Ihrer Erlauchtesten Wandel auf Fluren des hohen Parnassos,
Und des Olympos Gefilde, es war den Unsterblichen heilig.
Wenn es Götter gegeben, die je sich wie Menschen ergingen,
Wenn es Träume noch gibt, die Menschen zu Göttern erheben,
Werter ist *kein* Gewirk, an ambrosische Füße zu rühren,
Süßer ist keine Musik, in bezaubernde Bilder zu wiegen,
Als ihr Wiesen es seid, entzückend durch Düfte und Farben!

Folgst du mir, Muse, hinan? O siehe doch, wo aus der dunklen
Flanke des Hochwalds dort oben Gebreite, besonntes, sich loslöst,
Ist dort nicht frischester Schnee, von Schatten durchsprenkelt, gefallen?
Nicht doch, es sind Margeriten, und Glockenblumen durchblauen

Flaumig-weißes Gedränge, das silberzartestem Schnee gleicht!
Und wir wandern dahin und, immer verstrickter in Blumen,
Zögert der tastende Fuß, die reizenden Wunder zu stören,
So in erschauerndes Grün von göttlichem Anhauch gewirkt sind:
Hahnenfuß goldet ringsum auf zitternd-verästelten Stengeln,
Knabenkraut, purpurn und weiß, erhebt die gedrungenen Dolden,
Arnika wendet den Stern der schreitenden Sonne entgegen,
Aber aus dem Gewirr durcheinander taumelnder Kelche,
Aus dem vertieftern Bereich von Vergißmeinnicht, Wicke und Bergklee
Ragen die roten Ruten des wiesenverdunkelnden Ampfers,
Und ein eratmender Schleier von rispenflimmernden Gräsern,
Frühlingsfalterumgaukelt und heimlichstem Leben durchknistert,
Zart überwoget das Ganze im prickelnden Anhauch des Bergwinds.
Stille! Heumahd im Tal. Doch hier auf begnadeten Höhen
Läuten die Sensen noch nicht die Zügenglöcklein der Blumen;
Immer noch steigen die Lerchen, und immer noch, wipfelverborgen,
Unermüdlicher Kehle erwidert der Kuckuck dem Kuckuck;
Und das entlegene Dörfchen am Hang des gewaltigen Volland,
Übelbach träumt noch immer mit seinen grauen und roten
Dächern und leuchtenden Flächen der sonnenseitigen Mauern
Wie ein vergoldetes Spielzeug, verstreut auf dem Sattel der Straße,
Während im weiten Umkreis und jenseits verdämmernder Hügel
Ernst wie das ewige Meer die Ebene stahlblau emporsteigt.
Dieses war nun der Tag, an welchem das Unheil hereinbrach,
Und zum *anderen* Mal in Gestalt eines Automobiles.

Lange schon ward es gehört, bevor's aus der Tiefe des Tales,
Oft die Geschwindigkeit wechselnd, die letzte der Kurven emporklomm.
Alles eilte ins Freie. Da kam schon die siegellackrote
Höllenmaschine gebraust, stand still dumpf-pochender Flanken
Mitten im Herzen des Dorfes, und ihr entstiegen gemessen
Sieben Zivilpersonen, die sieben mageren Jahre,
Welche dem Orte nun drohten, unheimlich symbolisierend.
Nun auch erschien der Gendarm im Laufschritt, bewaffnet, und machte

Front vor der Kommission, die, seiner nur flüchtig gewahrend,
Ausschau hielt in die Richtung, aus welcher sie selber gekommen.
Schweigend umharrte das Volk, in gehörigem Abstand natürlich,
Auto und Kommission, von keinem Blicke gewürdigt.
Niemand fehlte des Dorfs. Von den Feldern kamen die Leute
Atemlos fragend gerannt und erstarrten desgleichen in Schweigen.
Selbst der Herr Pfarrer erschien, vom Mittagstische gerufen.
Nur Herr Pschunder, der Wirt, mit dem Kellerschurze, den Heber
Gleich einer Keule gefaßt – er war soeben beim Abziehn
Süffigen Weines gewesen –, verhielt sich abseits vom Haufen,
Stand vor dem Tor seines Hauses und harrte getrost seiner Stunde.
Endlich wirbelte Staub auf am Eingang des Dorfes. Gerassel
Holperte eilig heran, und klirrend eine Kolonne
Landesüblichen Fuhrwerks, von drei Korporälen geleitet,
Hielt vor der Kommission, die alsogleich den Befehl gab.
Alles vollzog sich nun rasch. Die Soldaten betraten die Häuser,
Von dem Gendarmen geführt, und schleppten die Güter zusammen,
Welche beschlagnahmt worden. In einundzwanzig Minuten
Waren sie fertig damit. In weiteren siebzehn Minuten
Waren die Dinge verladen, und Kirbisch konnte gehorsamst
Melden, daß dem Befehle der Funktionäre genügt sei.
Diese nickten, bestiegen das Auto und, wie sie gekommen,
Mittagsgespenstern gleich, verschwanden sie wieder motorisch.
Aber das andere Fuhrwerk mit bloßer Pferdebespannung
Setzte sich langsam in Gang, die Soldaten hatten's nicht eilig.

Anders nicht sahen dereinst die Trojaner Priamos' Feste
Sinken in Flammen und Schutt und die heilige Ilion fallen,
Als nun Übelbach sah seine Lebensmittel davonziehn.
Ach, wie türmten sich prall auf dem ersten Wagen die Säcke
Griffigen Weizenmehls, aus denen beim Holpern der Räder
Durch das hänfene Zeug weißstäubende Wölkchen entstiegen!
Gleich auf dem nächsten Gefährte, da standen die blechernen Kannen,
Zuber, Flaschen und Fässer voll feuergefährlichen Brennstoffs,

„ … Ach, wie türmten sich prall auf dem ersten Wagen die Säcke … “

Die Populorum Baptist nicht hatte beseitigen können,
Doch auf dem dritten Fuhrwerk, das wohl am höchsten bepackt war,
Oh, wie erduftete da in der kochenden Sonne des Mittags
All das braune Geselchte, die schwitzenden Seiten des Speckes
Und, in gebauchten Behältern, das köstliche, glitzernde Schweinsschmalz!
Diesen Wagen umbellten am meisten die Hunde und waren
Rasend hinter ihm her. Da begannen die Weiber auf einmal
Sich in die Schürzen zu schneuzen, die Kinder, noch eben belustigt,
Huben zu plärren an, indessen die härteren Männer
Ungeheuere Flüche in ihre Bärte verbissen.
Endlich waren die Wagen am Ende des Dorfes verschwunden.
Da, einen Augenblick Stille – doch dann: mit elementarer
Plötzlich entfesselter Macht ein einziger Aufschrei der Volkswut!
Niemand erkannte den andern in seiner Verblendung, die besten
Freunde bekeuchten einander mit wilden Gesichtern, als wollten
Sie aufeinander sich stürzen, auffuhren die Fäuste, und wäre
Irgendein Sündenbock im Bereiche gewesen, man hätte
Ihn auf der Stelle zerfleischt, und ein Unglück wäre geschehen.
So aber hatte Herr Kirbisch sich längst schon entfernt, und der Aufruhr
Hatte kein Opfer zur Hand und tobte daher um so wilder.
Ob auch der würdige Pfarrer mit Engelszungen der Sanftmut
Jeden einzelnen mahnte, das *Ganze* im Aug' zu behalten,
Jeder doch hörte nur zu, solang ihn der Pfarrer am Rock hielt,
Kaum aber wieder befreit, randalierte er wütender weiter.
Endlich bestieg der Herr Pfarrer die steinernen Stufen des Brunnens,
Winkte die Menge zur Ruh' und begann die erwogene Rede:

„Liebe Leute, verzeiht, daß ich mich als euer Herr Pfarrer
Heute in Weltliches mische; allein, meine Lieben, es gibt im
Leben kein weltliches Ding, das nicht am Ende auch *eine*
Geistliche Seite hätte, und nur von *der* will ich reden." –
„Geistliche Seite? Wieso?" aufhöhnten da Stimmen, jedoch der
Pfarrer sprach mit Geduld: „So schweigt doch, Kinder, und hört mich! –
Hat nicht ein jeder von euch eine Wochenzeitung, aus der er

Manchmal ein wenig liest oder hört, was ein andrer gelesen?
Nun, und was steht in der Zeitung?" – „Lügen, meistenteils Lügen!"
„Lügen, sagt ihr? Gewiß, auch Lügen stehen mitunter
In den Journalen gedruckt, doch neben allem, was unwahr,
Ist doch das eine wahr: daß Hunger im Lande und Not herrscht."
„Alsdann weg mit dem Kriege!" – „Ich höre einige rufen:
‚Weg mit dem Krieg!' Jawohl! Das ist auch mein tägliches *eignes*
Flehen zu unserem Herrgott, und niemand, das könnt ihr mir glauben,
Dankte ihm heißer als ich, wenn endlich die Kriegsnot zu End' wär'.
Aber noch ist's nicht so weit, noch müssen wir, wie in dem Gleichnis
Von den klugen und törichten Jungfraun, wachen und beten,
Daß wir gewärtig sind, wenn der himmlische Bräutigam eintritt.
Einmal *muß* er ja kommen! Und dann, meine Lieben, dann wird die
Frage vielleicht nicht lauten, wieviel einer Wunden *geschlagen,*
Sondern wieviel er *geheilt* hat; und darum sage ich wieder,
Wie ich schon neulich zu euch am Tag vor Fronleichnam gesprochen:
Uns geht's immer noch gut, wir erzeugen, was nottut, doch andre
Fristen in bitterster Drangsal. Gedenket nur einmal der Städte!
Alles, was Leibes Bedarf, ja, was auch nur *Notdurft* bedeutet,
Ist zur Seltenheit dort und zur Geißel des Wuchers geworden.
Brot wird dorten nur mehr aus Kleie und Häcksel gebacken,
Und der tägliche Anteil für jeden wird immer geringer.
In den Spitälern ermangeln die schwersten Kranken des Weißmehls,
Neugeborne entbehren und stillende Mütter der Milchkost,
Und um ein Stückchen Wurst, um *eine* Handvoll Kartoffeln
Lagern des Nachts in den Straßen Zehntausende vor den Geschäften
Schlaflos auf nackendem Pflaster, und vielen bleibt es vergeblich!
All dies habt ihr gewiß aus der Zeitung vernommen und habt es
Nicht für Lügen gehalten! Im Gegenteile! Und wie ich
Euer die meisten kenne, so habt ihr auch Mitleid empfunden,
Wenn ihr dergleichen gehört. Und wäre der Hungernden einer –
Oder auch viele sogar! – vor euer leibliches Auge
Hilfe erbittend getreten, es wäre, vermute ich, keiner
*Un*getröstet von euch und ohne Speisung gegangen.

Oder vermute ich falsch?“ Ein allgemeines Gemurmel
Gab da sofort zu verstehn, daß der Pfarrer richtig vermute,
Und es lächelte dieser und nickte: „So hab’ ich’s erwartet.“ –
„Aber“, begann er von neuem, „es hat der Mensch durch die Gnade
Seines Schöpfers nicht bloß ein *leiblich*-sehendes Auge,
Sondern ein *geistliches* auch, mit dem er zu schauen erwählt ist,
Was sich den Sinnen verhüllt und was er körperlich *nicht* fühlt;
Und dies geistliche Auge, es macht erst den Menschen zum Menschen!
Freilich, dies himmlische Licht nur erhalten zu haben und dann es
Unter den Scheffel zu stellen, ohne damit auch zu leuchten,
Ohne ihm Nahrung zu geben vom Öle unserer Herzen,
Das, meine Lieben, genügt nicht! Denn *so* erblindet’s. – O hört mich,
Meine Kinder, und glaubt mir: es wäre des Jammers und Elends
Weniger auf der Welt, woferne die Menschen im Geiste
Williger wären, zu sehen! Das Mitleid bliebe kein Wort bloß,
Hilfe hinkte nicht lahm, die *Taten* der Liebe zum Nächsten
Wären nicht säumige Knechte, die erst sich’s lang überlegen,
Ob sie auch folgen sollen! O glaubt mir, es ist nicht vonnöten,
Hungrige *leiblich* zu schauen und Blutende, wie sie verbluten,
Daß man sich ihrer erbarme und lindere, speise und helfe!
Freilich nur Gott allein ist *alles* sehend und wissend,
Aber er schickt uns schon Boten, um uns auf die Probe zu stellen,
Ob wir das gnädig verlieh’ne, das *geistige* Auge gebrauchen!
Und da sollten wir *blind* tun?! O nicht doch, meine Geliebten!
Sehende wollen wir sein und Opfer wollen wir bringen,
Wo uns zu opfern *vergönnt* ist! Denn dies auch ist Gnade! Zu andern
Schickt er nur den *Versucher,* der Vater im Himmel, und läßt sie
Ohne Erlösung vergehn in der Stunde des Absterbens. Amen.“

Also schloß der Herr Pfarrer und stand mit in Demut geneigter
Stirn auf den Stufen des Brunnens und schien auf Antwort zu lauschen.
Aber es schwieg die Gemeinde. Da wogten vom oberen Dorfe
Eherne Klänge herab und läuteten Mittag; da griffen,
Alter Gewohnheit folgend, die Männer zum Hut und entblößten,

Rechte und linke Schächer, die arbeitverwitterten Stirnen.
Und es hätte das Volk, nachdem das Geläute verklungen,
Sich wahrscheinlich beruhigt und schließlich wieder verlaufen;
Dies aber *durfte* nicht sein, dies paßte nicht in den Kram des
Längst schon gewärtigen Wirtes, der, ob er auch abseits im Flur des
Störrischen Engels gestanden, auf alles gehorcht und geachtet.
Plötzlich nun war er da, hemdärmelig, breit und gedunsen,
Stieg auf die Stufen des Brunnens und musterte prüfend die Menge.
Einige riefen ihm zu, doch die mehreren schwiegen, und nur ein
Tiefes Eratmen ging der aufs höchste gespannten Erwartung
Durch die versammelte Menge. Da blitzte ein drohendes Lächeln
Über das Schelmengesicht, die Augen vereisten, die *eine*
Einzige goldplombierte Ruine des untern Kiefers
Blitzte gefährlich auf, und, jedes Wort auf der Zunge
Wägend, bevor er's entließ, begann der Gastwirt die Rede:

„Werteste Herren und Frauen! Es hat uns unser Hochwürden
Eben, soviel ich gehört, eine treffliche Rede gehalten,
Wie wir's bei ihm ja gewohnt sind; denn *reden,* das kann der Herr Pfarrer.
Aber die Stunde ist ernst, und ich weiß nicht, meine Geehrten,
Ob mit dem bloßen Reden in *allen* Fällen gedient ist."

„Sehr gut!" riefen hierzu ein paar aus der Menge. „Pst, Ruhe!"
Ließen sich andere vernehmen, und wieder wurde es lautlos.
Und der Wirt fuhr fort: „Hinsichtlich der Opfer zum Beispiel,
Was der Herr Pfarrer gesagt hat, da bin ich nicht *ganz* seiner Meinung.
Richtig ist ja gewiß, daß in allgemeiner Bedrängnis
Alle sie bringen müssen. Allein, ich frage: Ja, haben
Wir denn noch *keine* gebracht? Wir zahlen doch Steuern! Wir zeichnen
Kriegsanleihen, sooft der Staat uns aufruft, wir schicken
Unsere Söhne ins Feld und müssen mit Greisen und Weibern
Unsere Wirtschaft betreiben, die *so* selbstredend zurückgeht!
Sind das nicht Opfer genug und schwere, welche wir bringen,
Ohne auch nur mit der Wimper zu zucken! Doch wer, seit die Welt steht,

Hat es jemals gehört, daß man Opfer von friedlichen Bürgern,
Steuerzahlern zumal, durch Gendarmerie und Soldaten
Eintreibt mit Waffengewalt?!“ Hier fegte ein Sturmwind des Beifalls
Über den Dorfplatz dahin. Der mühsam gebändigte Aufruhr
Loderte wieder empor, indes der gefährliche Gastwirt,
Selbst von Erregung durchbebt, einen jeden Muskel des fahlen
Übeln Gesichtes beherrschte. Dann holte er wieder zum Schlag aus:

„Trotzdem würd' ich kein Wort darüber verlieren, obwohl ich
Selbst der Betroffenste bin. Allein, es handelt sich heute
Gar nicht so sehr um Verlust und Schaden von *einzelnen* Leuten,
Sondern – und *dar*in bin ich mit unserm hochwürdigen Pfarrer
Durchaus des nämlichen Sinns – um die Sache *aller*, ums *Ganze*!“

„Richtig!“ riefen da viele, und Pschunder, ein listiges Feixen
Nur mit Mühe bezwingend und rasch in ein Lächeln verwandelnd,
Setzte die Rede fort: „Nun freilich, meine Geehrten,
Meint der Herr Pfarrer es anders, als *ich* es tue, er denkt beim
Ganzen mehr an den *Staat* als an unsre Gemeinde. Dagegen
Frag' ich: Wer ist denn der Staat? Er ist doch bloß die Gesamtheit
Aller Gemeinden im Lande! Und wenn eine jede für *sich* am
Besten zu sorgen verstünde, so wär' auch dem Ganzen geholfen!
Zwar behauptet mit Recht der Herr Pfarrer, daß wir auf dem Lande
Immer noch ziemlich versorgt sind, wogegen das Volk in den Städten
Weitaus ärger daran und der nötigsten Dinge entblößt ist.
Diesem erwidere *ich*, mit Respekt zu vermelden, Herr Pfarrer,
Daß es dafür in den Städten auch andere Leute genug gibt,
Welche *verdienen* am Krieg und für die er das beste Geschäft ist!
Sollen doch *die* sich bekümmern, daß ihre Armen nicht hungern!
Sollen doch *die* sich gefälligst fürs Ganze des Staates ereifern!
Ja, warum denn nur wir, die selbst nichts haben und arm sind?!“

Tosend aufschallte Applaus, und der Pfarrer wollte soeben
Sachlich etwas erwidern, doch Pschunder schnitt ihm das Wort ab:

„Jetzt, Hochwürden, red' *ich*!" und, immer erfüllter vom Machtrausch,
Ließ er die Zügel schießen und rief mit erhobener Stimme:

„Nein, meine sehr Geehrten! *So* wird bei uns nicht gewettet,
Daß nur die *einen* sich rackern und Steuern bezahlen und opfern,
Während der andere Teil mit Saus und Braus in den Tag lebt!
Allen das *nämliche* Recht! Oder haben wir etwa gestohlen,
Was man uns eben vorhin vor der Nase wegtransportiert hat?!
Haben wir's etwa gehamstert für unsere *eigenen* Mägen?!
Nein, meine sehr Geehrten, wir selber leben genügsam! –
Wenn aber *andere* Leute sich's leisten können, zur Kriegszeit
So wie im Frieden zu leben, wohlan, dann sollen sie eben
Lernen, zu uns zu kommen, und sollen – indem sie den Gusto,
Besser zu leben, *bezahlen* – auch *uns* zum Verdienen verhelfen!
Sind wir deshalb schon blind an unserem geistigen Auge?
Nein, meine sehr Geehrten, wir schauen geistig und leiblich
Weiter, als mancher es glaubt! Wir sehen unsre Gemeinde,
Wenn sie erst einmal bekannt ist, dann rasch gedeihen, wir sehen
Unsere Straße belebt dann von fremdem Fuhrwerk und sehen
Alsdann von Sommer zu Sommer die Zahl der Gäste im Wachsen.
Ja, meine sehr Geehrten, dann werden Handel und Wandel
Blühen in jedem Zweige, der Handwerker, Land- und Gewerbsmann
Liefert dann zehnmal soviel, und zehnfach wird der Verdienst sein!
Mag dann was immer geschehen, und mag auch der schreckliche Mordkrieg
Enden, wie immer er will! Wenn *dann* eine jede Gemeinde
So für *sich selber* gesorgt und derart fürs *Ganze* gewirkt hat,
Wird sich, so tief es auch falle, das Land von neuem erheben!
Ja, aus der Kraft der Gemeinden, aus vielen einzelnen Zellen
Wird sich die Wabe erneuern, der Bienenstock, welcher der Staat ist!
Das, meine Herrn und Frau'n, sehn *wir* mit dem geistigen Auge!
Das scheint *mir*, mit Verlaub, der echte und rechte Gemeinsinn!"

Jubel wollte hervor. Allein, der ereiferte Gastwirt
Wehrte ihm herrischen Winkes und spielte neuerlich Trumpf aus:

„*Dar*um, ich sage es klar, soll *keiner* von Opfern uns reden,
Die, für das Ganze umsonst, nur Tropfen auf glühendem Stein sind!
*Dar*um soll auch der Staat uns in Ruhe lassen und soll uns
Keine Soldaten schicken und keine Beamten und niemand,
Der uns am Aufschwung verhindert und unsere Sachen davonschleppt!“

Ungeheurer Tumult! Da kreischte Baptist Populorum,
Bebend und heiser vor Wut, und Frischenschlager, der Bäcker,
Stimmte mit ein in den Schrei: „Der Gendarm muß weg auf der Stelle!“
Und „Der Gendarm muß weg!“ aufheulte sofort auch die Menge.

Aber der Wirt überbot sie und rief mit verschärfter Betonung:
„*Nein*, meine sehr Geehrten! In Anbetracht des Gendarmen
Bin ich *anderer* Meinung! Der Mann ist Soldat und Beamter,
Ihm ist befohlen worden, und *er* hat blind zu gehorchen!
Aber *andere* gibt es, ich will die Namen nicht nennen,
Die von dem Recht einer freien Gemeinde und ihrer Gewählten
Keinen Begriff nicht haben! Sonst wär' es so weit nicht gekommen!“

Alle Muskeln gestrafft des fahlen gedunsnen Gesichtes,
Stand nun der Gastwirt da und bohrte den Blick in die Menge,
Die in der glühenden Sonne mit schwitzenden Stirnen und Wangen
Blöde und gierig zugleich zu ihrem Zwingherrn emporsah.
Und so starr war sein Blick, so alle umfassend und stechend,
Daß sich ein jeder fühlte von jenem Vorwurf betroffen.
Lautlos war es geworden, man hörte förmlich das Blut des
Hundertköpfigen Tiers in den Adern kreisen, man hörte
Wirklich sein Atemholen, man sah die erbebenden Nüstern
Grausame Witterung nehmen vom Schweiße des Opfers, es rührte
Keiner der Köpfe sich, als könnte die kleinste Bewegung
Ihn mit der Mitschuld belasten. In diese beklemmende Stille
Platzte Herr Hiebaum hinein mit kurzem, satanischem Meckern:
„Künigl, *du* bist gemeint!“ – Herr Pschunder verzog keine Miene,
Aber im nächsten Moment schon wirkte der Funke des Schreiners,

Und die Stille zerbarst in den tausendfach splitternden Wutschrei:
„Nieder mit Künigl Josef!“ Und da, indes das Gebrüll sich
Steigerte bis zum Diskant, war plötzlich inmitten des Haufens,
Welcher den Brunnen umdrängte, ein rasch sich erweiternder Raum da.
Alle wichen im Umkreis von *einem* auf einmal verfemten
Punkte und gaben ihn preis den Lanzenspitzen der Blicke,
Die ihn aus schadenfrohen und wütenden Augen umstarrten.
Und auf dem Punkte stand allein und wie auf dem Pranger,
Stand in der Blöße der Ohnmacht und schlotternd bis in die Zehen
Künigl Josef, das Opfer, und stammelte nur: „Meine Herrn, ich –
Lege die Stelle nieder.“ Da schrie ihn der Wirt an: „Das könnte
Ihnen freilich so passen, nachdem das Unglück geschehn ist!
Ich aber frage Sie, Vorstand: wo waren Sie, als das gewählte
Oberhaupt unsrer Gemeinde, als heute Gefahr im Verzug war?
Sind wir etwa ein Dorf von Zigeunern, in dem die Behörde,
Wo es ihr eben beliebt, nach sträflich erworbenem Gut sucht?
Nein, Herr Künigl Josef, das brauchen sich redliche Bürger
Nimmer gefallen zu lassen, und deshalb, weil Sie dergleichen
Nicht zu verhindern verstehen, sind *Sie* uns haftbar für allen
Schaden, der die Gemeinde durch *Ihr* Verschulden ereilt hat!!“

Hochaufschäumte Triumph der rasenden Bestie Menge,
Hilflos, ein Bild des Jammers, stand Künigl Josef allein da,
Hatte die Finger der Rechten verklammt in die Finger der Linken,
Schnappte im Angstschweiß nach Luft und konnte kein einziges Wort mehr
Über die Lippen bringen. Da trat in die marternde Leere,
Welche um ihn war, der Pfarrer und sagte sanft, doch mit Nachdruck:
„Kommen Sie, Ortsvorsteher, wir gehn miteinander!“, ergriff den
Schlotternden stützend am Arme, und ohne des Hohnes zu achten,
Welcher nun offenkundig auch ihm, dem Pfarrherrn, selbst galt,
Führte der gute Hirte sein Lamm aus der Mitte der Wölfe.

Vorhang! Den Vorhang herunter, o Muse, über die Szene!
Überflüssig zu sagen, daß noch in der nämlichen Stunde

Pschunder Tobias, der Wirt, zum Ortsvorsteher gewählt ward,
Daß er die hohe Ehre vorerst zwar bescheiden von sich wies,
Sie aber schließlich dann doch „zum Wohl der Bevölkerung“ annahm.
Aber das Wohl blieb aus, zunächst zum mindesten! Täglich
Schlug der verhexte Gendarm an das Schwarze Brett der Gemeinde
Neue Verordnungen an, die den Handel und Wandel mit ziemlich
Allem, was Lebensbedarf, beschränkten, verboten, bedrohten.
Und die Folge davon: es grüßte niemand im Dorf mehr
Kirbisch mitsamt seinem Weibe. Wo immer er auftrat, erstarrten
Sämtliche Mienen zu Eis, die beredtesten Lippen verstummten.
Wo er was kaufen wollte, da *gab* es nicht, was er begehrte.
Selbst das Erlaubte fehlte, wofern es für *ihn* war. Gerade
Daß er beim Bäcker bekam, soviel ihm gebührte, doch immer
War es das *älteste* Brot, und hatten ihm früher die Bauern
Butter und Eier gebracht zu billigen Preisen, auf einmal
Legten die Hühner nicht mehr, die Kühe gaben nicht Milch mehr,
Denn der Viehstand verkäme, so klagten die Bauern, am Mangel
Richtiger Futtermittel, und wenn es noch lange so weiter
Ginge, so würden auch sie, die Bauern, des Hungers versterben.
Freilich durchschaute sogar der Kirbisch diese Komödie,
Was aber wollte er tun? Er konnte nichts, als den Leibgurt
Enger schnallen und sich an fettere Zeiten erinnern.
Aber die Laune verging ihm. Die Mahlzeit am häuslichen Herde
Wurde zum häuslichen Kriege, der über den Tisch in die Betten
Häufig genug sich verpflanzte. Da freute mitunter der Dienstgang
Mehr als die spärliche Lust, die er trotzigem Widerstand abrang.
Wo, ach, waren die Nächte, da's anders gewesen? Und dennoch,
All das war immer noch besser als lebensgefährlicher Frontdienst.
Und so begann der Gendarm, aus der Not eine Tugend zu machen
Und aus der Feigheit den Mut des Märtyrers für die Gesetze.
Und er trieb es so weit und kuranzte und kuramisierte
Derart das ganze Dorf, daß eines Tags, als die ersten
Gäste mit Sack und Pack, mit Kind und Kegel und Anhang –
Frauen von Flüchtlingen meist aus dem feindlich verwüsteten Osten –

Kamen und Friedensverpflegung auf Grund der Annoncen verlangten,
Großer Skandal sich begab. Die meisten wollten sofort dem
Orte den Rücken kehren, die anderen wieder bedrohten
Pschunder, den Gastwirt, mit Klagen auf Rückerstattung des Angelds
Oder mit Strafanzeigen vonwegen versuchten Betruges.
Schadenfroh lachte das Dorf, obwohl es am Ende sein eigner
Schaden gewesen wäre, wenn Pschunders Projekte verkrachten.
Da aber zeigte sich klar, was ein *Mann* ist. Es wußte der Gastwirt
Alle Gewitter zu bannen. Wodurch und mit welcherlei Mitteln,
Ahnen die Götter allein. Doch *eines* wird sich erweisen:
Daß dem durchtriebenen Wirte der Gang der Ereignisse recht gab.
Freilich, ohne Herrn Fleps, der inzwischen Leutnant geworden,
Ohne Fleps, den Adjunkten, und dessen persönlichste Eignung,
Gordische Knoten auf seine besondere Art zu durchhauen,
Wäre es nimmer und nie zur erlösenden Schande gekommen,
Aber schon gar nicht zum Glück! Doch *da*von im nächsten Kapitel!

Siebenter Gesang

Extemplo Libyae magnas it fama per urbes,
Fama, malum qua non aliud velocius ullum ...
Monstrum horrendum ingens, cui,
quot sunt corpore plumae,
Tot vigiles oculi subter (mirabile dictu),
Tot linguae, totidem ora sonant, tot subrigit auris.

Vergil, Äneis, Vierter Gesang.

Monstrum horrendum, zu deutsch: ein schreckenerregendes Scheusal,
Nennt im vierten Gesang der Äneis der Dichter die Fama.
Schneller als anderes Unheil, im Schreiten noch wachsend, so rast sie
Dort durch die libyschen Städte, Äneens Verweilen bei Dido
Und der Königin Fall mit tausend Zungen zu künden.
Aber für Übelbach-Dorf und den Fall eines einfachen Weibes
Ist kein Monstrum vonnöten, kein mythologischer Unhold,
Nein, da genügt ein winziges wisperndes, flüsterndes Vöglein,
Das da vom Zaune zum Zaun, vom Fenster zum Fensterchen hinhuscht
Und mit dem *einzigen* Zünglein die Arbeit der Fama verrichtet.
Plötzlich taucht es wo auf, und gleich ist es wieder entschwunden,
Aber es blieb was im Ohr, ein giftiges Zischeln und Tuscheln:
Sätzchen von halben Worten voll schamhaft verschwiegenen Wissens,
Sätzchen, die, was sie behaupten, zugleich zu verneinen bestrebt sind,
Sätzchen, so plastisch geprägt, so unvergeßlich im Tonfall,
Daß sie, ähnlich dem Reim eines schmutzig-verfänglichen Liedchens,
Jedem im Sinne haften, und siehe, indessen man redlich
Sich dagegen noch wehrt, da pfeifen das Liedchen die Spatzen
Schon von den Dächern herunter, und alle, die es vernehmen,
Ob sie auch Feinde bisher, einander verleumdend und lästernd,
Sind nun mit *einem* Schlage Brüder und Schwestern geworden:
Brüder in jenem Liedchen und Schwestern im Wispern und Wissen
Von dem geheimsten Geschehn des Privat- und Familienlebens,
Brüder und Schwestern im einzigen, welches die Menschen auf Erden
Wirklich innig verbindet: Geschwister in der Gemeinheit!

Jeder Ort hat ein Örtchen, zum mindesten *eines,* allwo sich
Dann die bloßen Gerüchte zur vollen Gewißheit verdichten
Und als solche von nun an ganz offen vom Munde zum Mund gehn.
Meistens ist dieses Örtchen der Laden des Greißlers und Krämers,
Manchmal das Gassengeschäft der Milchfrau oder des Bäckers,
Oft auch der Standplatz am Markt der Gemüsehändler und Öbstler,
Immer doch ist es ein Punkt, an welchem die Weiber zum Einkauf
Oder auch *nur* zur Verleumdung einander täglich begegnen;
Und in Übelbach ist es der weitaus besuchteste Laden:
Rundum schneeweiß gekachelt und spiegelnd von Marmor und Messing,
Nämlich die Fleischbank von Fürbaß, dem lendengewaltigen Selcher.
Nicht daß dieser höchstselbst – davor behüte die Zunge
Mir der allmächtige Zeus! – ein Priester der Fama gewesen!
Doch er war Junggesell und ein Mann von bestem Geschäftsgang,
Und so flogen die Weiber auf ihn wie die Fliegen auf Sirup
Und beschwipsten an ihm die ewig kitzelnden Sinne.

Aber wie er's auch trieb, der lendengewaltige Selcher!
Oh, er verstand es nicht *nur,* den Stier ins Leben zu treffen,
Zithernsaiten zu zupfen und lockere Lieder zu singen,
Sondern beherrschte noch besser die Psychologie des Verkaufes,
Unter besonderm Bedacht auf seine meist weibliche Kundschaft.
Hei, wie spritzte das Mark der krachend zersplitterten Knochen
rings von der Trommel des Hackstocks, sooft er ein Rippenstück teilte!
Und schon lag's auf Papier, das Verlangte, und flog auf die Waage,
Und eh die sich beruhigt, so reichte die blutige Linke
Schon es der Käuferin dar, indessen die nervige Rechte,
Immer nur wie aus Versehen, nach all dem lebendigen Fleische,
Das an die Budel sich drängte, mit frecher Behendigkeit tappte:
Da ein Brüstchen gequetscht und dort ein Bäcklein getätschelt,
Da ein Hälschen gekitzelt und dort etwas *andres* gekniffen!
Und dies alles im hurtigen Rhythmus der prompten Bedienung,
Während das Messer zerlegte, das Handbeil Gelenke zerspellte
Und der helle Tenor die zugewogenen Mengen

„... Da ein Brüstchen gequetscht und dort ein Bäcklein getätschelt ...“

Mit den verschiedenen Preisen phantastisch multiplizierte.
Hei, da gab's ein Gewinde, ein Quietschen, Quieken und Kichern
All der gekitzelt-gekniffnen, gequetschten-getätschelten Weiber!
Blicke blitzten ihm zu, die *alles* verhießen, und Blicke,
Zwinkernde, blinzten zurück, die jedes Versprechen quittierten!
Hei, da ging das Geschäft, da klirrten und irrten Gewichte,
Meistens natürlich zum Vorteil des lendengewaltigen Selchers!
Aber im hinteren Grunde des weißgekachelten Ladens,
Wo an den Wänden die Würste in Stangen, Kränzen und Paaren,
Wo die Schinken und Specke, die duftend-geräucherten, hingen,
Standen zur Seite gedrängt die älteren Weiber des Dorfes,
Jene, bei denen nicht viel mehr zu tätscheln und hätscheln vorhanden,
Und entschädigten sich durch Ehrabschneiden und Lästern.
Was das Vöglein gewispert, am hellichten Tage gedieh es
Dort zum staunenden, raunenden, endlich posaunenden Chorus!
Aber das Vöglein, es selbst? Wer war's nur? – Gedulde dich, Muse!

Niemand hätte vermocht, dem Fräulein Rose Rachoinig
Auf dem Gebiete des Dienstes den kleinsten Vorwurf zu machen.
Pünktlich schloß sie das Amt auf und pünktlich schloß sie das Amt zu,
Glatt vollzog sich Erhalt und Weiterleitung der Briefpost,
Immer war Bargeld vorhanden, um jegliche Zahlung zu leisten,
Und im Parteienverkehr war das Fräulein zwar dienstlich, doch höflich.
Anderseits freilich, Verstöße zuwider der amtlichen Vorschrift,
Wenn auch noch so geringe, empfand sie beinahe persönlich.
Wer sich da etwa erkühnte, auf außerdienstliche Scherze
Sich was zugute zu tun, erlitt die eisigste Abfuhr.
Also war sie im Dienste geachtet, ja förmlich gefürchtet.
Aber nicht deshalb allein! Denn außerdem war sie allwissend.
Kannte sie doch so ziemlich den Umsatz von jedem Geschäfte
Durch die Beträge an Geld, die jeder empfing und zur Post gab,
Und wofern sie erbost war, so konnte die Steuerbehörde
Manches durch sie erfahren. Allein, es gab noch ein andres
Weites Gebiet des Wissens von *heikleren* Dingen, zum Beispiel:

Kannte sie doch die Handschrift von jedem, auch wenn sie verstellt war,
Wußte sie doch um alle heimlichen Korrespondenzen.
Und wenn einmal vor Monden dringend telegraphiert ward,
Daß ein nicht weiter Genannter am soundsovielten des Märzen
Samt seinem Regiment die nahe Landstadt passiere,
Wußte das Fräulein natürlich genau, wieviel es geschlagen,
Und es nahm sie nicht wunder, die Adressatin von damals
Täglich verhärmter zu sehen und ängstlich verheimlichten Wachstums
So um die Hüften herum. Jedoch die Depesche als solche
Stand selbstredend im Schutz der beschworenen amtlichen Schweigpflicht,
Aber das Faktum an sich, das heimliche Wachstum der Hüften,
Konnte doch *jeder* bemerken; warum nicht das Fräulein Rachoinig?

Oder ein anderer Fall: seit dem dritten Tag nach Fronleichnam
Kam die Frau des Gendarmen aufs Amt und holte die Dienstpost.
Überflüssig natürlich, da diese durch Crisper, den Boten,
Ohnehin pünktlich bestellt ward! Indessen unter der Post der
Löblichen Gendarmerie befanden seit damals sich öfter
Brieflein mit einer Schrift, die bekannt war von anderen Fällen.
Freilich, auch dies war Geheimnis. Doch wenn durch dienstliches Wissen
Auch der Privatapparat der Sinne feiner gestimmt war,
Konnte man *leichter* bemerken, daß immer in Nächten, da Kirbisch
Dienstlich die Wohnung verließ – und dieses begab sich nun öfter –,
Seitlich im Fenster des ebenerdigen Schlafraums ein rotes
Lämpchen flackernd entbrannte wie sonst vor dem Bild der Madonna,
Bis es dann etwas später geheimnisvoll wiederum auslosch.
Was sich *inzwischen* begab, das konnte natürlich nur wissen,
Wer sich im Erlengebüsch gegenüber dem Amtshaus versteckt hielt.
Aber es hatte Herr Schwinzerl, der Totengräber und Wächter,
Neulich beim Bäcker erzählt – und natürlich nicht nur beim Bäcker! –,
Daß es in letzterer Zeit ihm öfter gewesen, als hätt' er
Nächtliches Traben gehört und morgens querüber die Felder
Etwas entschwinden gesehen im steigenden Nebel der Frühe.
Aber sofern dies ein Pferd, ein Reiter und nicht ein Gespenst war –

Alles ist heutzutag möglich! –, so waren die Hufe umwickelt;
denn sie erklangen gedämpft wie die Schläge verhangener Trommeln.
Dies, im Zusammenhalt mit dem roten Signallicht im Fenster,
Gab ein fast sicheres Wissen von ungeheueren Dingen,
Welches *nicht* reservat war, und folglich gelang es mit Hilfe
einer logisch durchdachten und dienstlich völlig korrekten
Scheidung von Kenntnisnahmen in amtliche und in private,
Daß am Morgen des zwanzigsten Juli bei Fürbaß, dem Selcher –
Während dieser soeben ein blutiges Kalbshirn zerlegte –
Jäh das Gerücht sich erhob: die Gendarmin hat ein Verhältnis!

Huh, wie knackten und klapperten da die falschen Gebisse!
Wahrlich, ein Totentanz für den guten Ruf der Gendarmin!
Giftig speichelnde Lippen schmatzten und schnappten nach jedem
Kichernd getuschelten Worte, die boshaft aufleuchtenden Augen
Glühten Triumph und Geilheit, die Antwort fiel in die Frage,
Eh sie noch *halb* erst getan, Erstaunen, Wut und Entrüstung
Wild überschlugen einander, und Schandmaul zischte in Schandmaul:
„Aber, was Sie nicht sagen, Frau Frischenschlager, nicht möglich!"
„Aber, Frau Populorum, das weiß doch ein jeder im Ort schon!"
„Wenn der Kirbisch im Dienst ist?" „Natürlich, wenn er im Dienst ist!
Zuschaun wird er doch nicht!" „Nein, *so* eine schlechte Person das!
Spielt die Unschuld vom Land und hat es hinter den Ohren!"
„Und erst das Lämpchen dazu von unserer Mutter im Himmel!"
„Meiner Seel' und Gott, das ist eine Sünde! Das heißt ja
Unsere Liebe Frau persönlich zur Kupplerin machen!"
„Jesus, Maria und Josef, wenn *das* der Herr Pfarrer erfahrn wird!"
„Unser armer Herr Pfarrer, nein, daß ihm *so* was passiern muß!"
„Deshalb schenkt ihr der Herrgott auch keine Kinder, Frau Crisper!"
„Geben Sie acht, Frau Oremus, jetzt wird schon *bald* eines dasein!"
„Aber nicht vom Gendarmen!" „Natürlich nicht! Sondern vom andern!"
„Aber wer ist denn der andre?" „Er soll ein gemeiner Soldat sein!
Irgendein Kanonier von der Stadt her!" „Und krank soll er *auch* sein!"
„Heilige Mutter Gottes!" „Was Ihnen nicht einfällt, Frau Hitzgern!

Frisch und gesund ist der Mensch!“ „Ja, kennen Sie ihn, Frau Oremus?“
„Aber natürlich, Sie auch, Frau Frischenschlager!“ „Ich dank’ schön
Für eine solche Bekanntschaft! Vielleicht, daß *Sie* mit dergleichen
Leuten verkehren, ich *nicht*!“ „Das bitt’ ich mir aus, Sie gemeine,
Unverschämte Person! Von Ihnen weiß man schon *auch* was!“
„Sagen Sie’s, wenn Sie was wissen!“ – Zu diesem Punkte gekommen,
War es nahe daran, daß die eifernden, geifernden Weiber
Sich in die Haare gerieten. Da fuhr aus dem giftigen Gischte
Aller der flüsternden, wispernden, lispelnden, zischenden Zungen
Plötzlich ein Name empor, der freilich geschaffen dazu schien,
Wie aus dem Blasrohr geflitzt, ins Schwarze der Wahrheit zu treffen:
Dieser Name hieß Fleps, und Fleps war auch *schon* die Gewißheit!

Heia, das war ein Tumult! So freut sich *nur* die Gemeinheit,
So nur der menschliche Dreck, der überall anderer Dreck riecht,
Bis er die Trüffel der Schande mit schnüffelndem Rüssel erwühlt hat!
Kaum daß sie Zeit sich ließen, die Weiber, zum Einkauf des Fleisches,
Kaum daß sie zahlten und grüßten, so stoben sie schon auseinander.
Leichterer Füße eilten sie heimwärts, mänadischer Rhythmus
Brachte die Hüften in Schwung; die Lippen, die Wangen, die Augen
Aller der ehrsamen Vetteln lachten gekitzelt, die schlaffen
Brüste schienen gefüllter in ihren kattunenen Blusen,
Und was *sonst* sie noch anfocht im dumpfen Bereiche des Barchents,
Darf ich vor dir nicht erwähnen, unsterblich-jungfräuliche Muse!

Aber *eins* ist gewiß: schon lange nicht wurden die Männer
Übelbachs, eh sie zu Mittag am häuslichen Herde erschienen,
So mit Spannung erwartet und *so* mit Blicken empfangen,
Welche in jeder Beziehung pikantesten Nachtisch verhießen!
Denn das Laster des Nächsten erhöht die eigene Tugend,
Und der Nachbarin Fehltritt, er zeigt die eigene Treue
Erst in dem richtigen Licht und verpflichtet zu Dank die Gemahle.
So nach der Meinung der Weiber! Und folglich gossen sie ganze
Kübel des Unflats aus auf die Sünderin. Aber die Männer

Schmunzelten nur dazu und lachten aus vollerem Hals erst
Bei dem Gedanken an ihn, den Gehaßten und endlich Gefoppten,
Und der Kehrreim von allem, was immer zum Fall sie bemerkten,
War: „Dem Kirbisch vergönn' ich's!" Und *da*bei blieb's in den meisten
Dieser Siestagespräche zum blassen Ärger der Weiber.

Aber ein Festtag sogar wie dieser nimmt schließlich ein Ende,
Und nachdem das Gerücht von rastlos beflissenen Zungen
Auch in die äußerste Hütte gebracht war, nahte der Abend.
Klar in die Tiefen des Westens versank die herrliche Sonne,
Kühlere Düfte der Wiesen erwachten, und bläulich entstiegen
Allenthalben den Äckern der fernen und näheren Hügel
Niedrig ziehende Schwaden von Feuern, in denen die Bauern
Unkraut vom vorigen Herbst und trockenes Reisig verbrannten.
Auch in den Zeilen des Dorfs erhob sich nun rauchiges Duften
Nach der harzigen Heizung der nachtmahlbereitenden Herde.
Futterbegierige Schweine tobten in hölzernen Kofen,
Und in den dumpfigen Ställen plärrten die Kälber und Kühe.
Feierabend vor Sonntag! Bedeutsamer läuten die Glocken,
Lebhafter regt sich's im Haus vom Fegen und Scheuern der Stuben,
An den Brunnen der Höfe waschen sich pritschelnd die Knechte,
In den Kammern die Mägde, aus Eimern schreien die Buben,
Von den Müttern geklapst, und der Vater des Hauses rasiert sich.
Alsdann begibt sich die Bäuerin früher als werktags zu Bette,
Scheinbar tun das gleiche die Mägde, indessen die Burschen,
Schon im Gebüsche des Hofzauns versteckt, auf den Augenblick lauern,
Wo die Lichter verlöschen und leise Fenster sich öffnen.
Aber der biedere Bauer sowie der Mann des Gewerbes
Feiert das Ende der Woche durch mehrere Viertel des Weines
Hierorts und heute wie immer im Gasthaus zum Störrischen Engel.
Dort aber hatte seit Juni sich vieles prächtig verändert.

Wohl war die Stube dieselbe, in der der behäbige Schanktisch,
Funkelnd von Messing und Zinn, breit dastand mit Kannen und Gläsern.

Aber die Sommergäste: die Damen der Flüchtlingsfamilien,
Ein Sektionschef a. D. und die Mumie eines Majores,
Der, wo immer er stand oder ging, an der Hand einer großen
Fähnchenbestocherten Karte die militärische Lage
Taktisch-strategisch erklärte, sie speisten *nicht* mit den Bauern,
Sondern streng separiert im neueröffneten Saale.
Dieser war freilich nichts anderes als die verglaste Veranda,
Welche in früherer Zeit eine Kegelpudel gewesen.
Dort nun stand das Klavier, wofern es ein solches zu nennen,
Grelle Plakate von Bier-, Likör- und Champagnerfirmen
Schmückten die Rückwand, in Ehrfurcht gruppiert um den farbigen Öldruck,
Welcher den Landesherrn mit den Krönungsinsignien zeigte.
Drei meist schwelende Lampen mit stinkendem Azetylenlicht –
Denn das Petroleum war, Benzin und Brennöl beschlagnahmt! –
Strahlten herab auf die Reihen der weißbebreiteten Tische,
Und man mußte gestehen: der Raum, obwohl es bei Regen
Stark durch das Schindeldach tropfte, der Raum war gemütlich und vornehm.
Freilich, die Friedensverpflegung, die Pschunders Annoncen versprochen,
War noch immer nicht Wahrheit, zum mindesten offiziell nicht.
Weißbrot, Butter, Kaffee und Schlagobers blieben verboten,
Widerlich würzte den Tee statt Zuckers ein künstlicher Süßstoff,
Schal nur schmeckte das Bier, dieweil man die Gerste verbuk und Tausend-
guldenkrautsud das Aroma des Hopfens ersetzte,
Und um die Streckung des Weines bemühte sich Pschunder erfolgreich.
Bloß an Würsten und Fleisch, von Fürbaß, dem Selcher, geliefert,
Wäre noch immer genügend vorhanden gewesen. Indessen
Keinem gebührten da mehr als kaum zehn Deka im Tage,
Wenn nicht überhaupt gar der Tag als fleischlos erklärt war,
Und es verhielt sich nunmehr genau nach der Vorschrift der Gastwirt.
Allerdings, hintenherum und um wahre Seltenheitspreise
Gab es auch dieses und jenes. Allein, man aß es nur heimlich
Und mit erschlotternden Knien, bei jeglichem Bissen gewärtig,
Daß da ein funkelnder Helm und ein unheilschwangres Notizbuch
Plötzlich im Saale erschien und barsch den Tatbestand aufnahm.

Also war Leben und Stimmung in Übelbach keineswegs *immer*
Rosig, außer für Pschunder, der Wuchergewinne verdiente.
Aber die Luft war vorzüglich im Dorf am gewaltigen Volland,
Und nach sauerer Woche kam *nicht* nur für Bauer und Bürger,
Sondern auch für die Gäste der Feierabend des Samstags.
Denn da brachte der Zug, der freilich weit unten im Tal hielt –
Stundenlang hieß es dann wandern mit Tasche oder mit Rucksack! –,
All den vereinsamten Damen die Gatten, Schwäger und Neffen
Über den Sonntag herauf. Und also geschah es auch heute.

Überfüllt war der Saal und surrte von Reden und Lachen.
Alle die schönen orientalischen Augen der Frauen
Glänzten verwegner als sonst, die Abendkleider enthüllten,
Mehr als die Dirndlkostüme des Alltags, üppige Schultern.
Leuchtender stiegen die Nacken aus schmeichelnder Seide, die Haare
Waren koketter frisiert, und was an Juwelen vorhanden,
Blitzte an wogenden Büsten, an Ohren, Gelenken und Fingern,
Und die mehr oder weniger rassig gefesselten Füße
Trippelten zierlicher heut' in reizend gestöckelten Schuhen.
Wer auch die Damen so sah – es hatten die meisten, der Sitte
Östlicher Städte gemäß, dem Blühen der Lippen und Wangen
Und auch dem Feuer der Augen mit künstlichen Mitteln geholfen –,
Glaubte, nicht Ehefrauen und Mütter, die sie doch waren,
Sondern Geliebte zu sehen, auf Lockung bedacht und Verführung.
Und so schien es nicht nur! Jawohl, ein Fest war gerüstet
Ehemännern und Freunden, die müde vom Treiben der Preise,
Müde vom Wechselreiten und Kettenhandeln der Woche,
Heute wie jeglichen Samstag das Dorf am Volland erklommen.
Doch für die jungen Mädchen im heiratsfähigen Alter
Gab es auch Offiziere: geschmeidige Reitergestalten,
Die, wie Pschunders Herr Sohn und die vornehm degenerierte
Kavalleristenfigur des Herrn Regierungsvertreters,
Niemals noch Pulver gerochen und niemals Attacken geritten,
Sondern, vom Frontdienst enthoben, im Kriege verdienten statt dienten.

Aber der Held der Gesellschaft, das war ein Leutnant bei Fliegern,
Noch ein Knabe beinahe, mit einem zum Lächeln erstarrten
Zug um den schüchternen Mund und melancholischen Augen.
Aber es hatte dies Kind mit seinen nervösen, morbiden
Händen, die mehr zum Liebkosen von Harfensaiten und Rosen
Denn an die Kurbel taugten verruchter Maschinengewehre,
Etliche Gegner bereits im Nahkampf der Lüfte erledigt.
Diesem nun, reich dekoriert mit vielen Medaillen und Kreuzen,
Galten die loderndsten Blicke der rassigen Mädchen und Frauen.
Er aber ließ es geschehen und schien sie nicht zu bemerken.
Also war eine Wolke von Sehnsucht und Heldenverehrung
Über die weißen Tische im Saale bei Pschunder gebreitet,
Eine Wolke der Schwüle, die durch die geöffnete Türe
Auch in den Schankraum drang und dort die simplen Gemüter,
Denen dergleichen noch neu, in erhöhtere Stimmung versetzte.
Aber freilich wie anders, wie derb und unfein ging's *dort* zu!

Alle waren sie da, die Wirtshauskämpen des Dorfes:
Fürbaß Ägid an der Spitze mit weißem Schurze und Wamse,
Johann Baptist Populorum und Zaunschirm, der Feuerwehrhauptmann,
Meister Oremus, der Schmied, Martellanz, der Förster, und Hiebaum,
Schwinzerl, der Totengräber und Schinder, und (nicht zu vergessen!)
Crisper, der Bote der Post, mit seiner Chefin, dem Fräulein
Rose Rachoinig, die heute vor innerem Jubel fast hübsch war.
Und das Gespräch der Gespräche? War heute, wie leicht zu erraten,
Einzig der Fall der Gendarmin, wobei man – da ja die eignen
Ehefrauen daheim – der armen Sünderin recht gab.
„Diesem Kirbisch vergönn' ich's!" war wieder wie mittags der Kehrreim,
Aber es kam noch hinzu: „Ein verteufelter Kerl, der Fleps, das!"
Nichts blieb unerörtert, was zwischen den beiden Entlarvten
Heimlich im Schutze der Nacht, womöglich im Bett des Gendarmen,
Alles geschehen mochte. Und wo die Worte versagten,
Halfen die drastischen Gesten des Totengräbers geschickt nach.
Heia, da gab's ein Gegrunze, als wäre ein Rudel von Säuen

Seinem Kofen entbrochen und stürzte sich wild auf den Haufen
Schlüpfrigen Mistes im Hofe. Haheia, da gab's ein Gelächter,
Daß sich die Rümpfe verkrümmten, die Adern der Hälse und Stirnen
Blaurot zum Bersten erschwollen und Hustenkrämpfe entstanden!
Nur die Chefin der Post, das Fräulein Rose Rachoinig,
Wollte von allem nichts wissen und rief nur immer: „Ich glaub's nicht!"
Ja, sie trieb es noch weiter und schmähte entrüstet der Männer
Schmutzige Phantasie und erreichte damit, was sie wollte:
Neues Öl in das Feuer des ungeschminkten Gespräches!
Heia, da kamen Details! Und trunken schlossen sich Fräulein
Rose Rachoinigs Augen zu schmalen, funkelnden Schlitzen,
Die aus gefleckter Visage, vorbei an der bläulichen Nase,
Wie zwei Klingen aus Eis nach Cordulas Angesicht zielten.
Dies war der Tag des Triumphs der Beamtin über die Dienstmagd!
War sie nicht bleicher als sonst, die Kellnerin, welche mit Flepsen
Alles genießen gedurft, was jene vergeblich ersehnte?
Zuckte ihr nicht das Gesicht, wie unter dem Hieb einer Peitsche,
Schmerzlich getroffen zusammen, sooft sein Name von einer
Dieser schamlosen Zungen in wüstem Zusammenhang laut ward?
Ach, und der herrliche Kelch der Rache war lange noch leer nicht!
Wenn erst das *andre* herauskam, das heimliche Wachstum der Hüften!
Wenn dann von *jedem* dereinst die Vaterfrage gestellt wird!
Um so erstaunter gestellt wird, da diese Person doch so stolz tat
Und der Heilige Geist ja ein Ammenmärchen geworden?!
Wird ihn dann Cordula nennen, Herrn Fleps, der *so* sie im Stich ließ?
Niemals! Das wußte das Fräulein. Doch irgend jemand im Dorfe
Mußte der Vater doch sein! Ein wahrer Satansgedanke
Übermannte sie plötzlich: da Fleps sein Alibi hatte
Durch sein Verweilen im Felde und niemand sonst außer dem Herrgott
Von dem Geheimnis der Nacht in der nahen Landstadt was ahnte,
Wer nur kann dann im Ort – ? Wer ist der einzige, den man
Dessen bezichtigen konnte? Wer war zum Gaudium aller
Leute im Dorfe verliebt in die Kellnerin, hündisch beflissen
Immerzu hinter ihr her? Und wer war Cordulas Schützling?

Vitus, das Tier, der Kretin!! Doch eh noch das Fräulein Rachoinig
Diesen perversen Traum und tückischen Höllengedanken
Gänzlich zu Ende gedacht, da erstarrte, so daß sie emporfuhr,
plötzlich das Wogen des Lärmes um sie zur Mauer des Schweigens.
Jedes Mundwerk stand still, die tierisch verkniffenen Augen
Rissen gewaltig sich auf, und alle Insassen des Schankraums,
Wie von dem Anblick gebannt einer plötzlichen Geistererscheinung,
Glotzten und stierten zur Tür, in welcher mit Anmut und Würde,
Lächelnd grüßend und so, als wäre rein *gar* nichts geschehen,
Hochelegant equipiert, mit der goldenen Quaste am Säbel,
Leutenant Fleps erschien und mit ihm der Gendarm samt Gemahlin!

Ungeheures Ereignis! Es wagte niemand zu räuspern,
Ja, es versagte sogar der Atem, der Gruß in der Kehle.
Cordula starrte vom Schanktisch und schien sich nur mühsam zu halten.
Einzig Herr Pschunder, der Wirt, die Lage gewandt überblickend,
Schritt seinen Gästen entgegen, sie enthusiastisch begrüßend,
Streckte Herrn Kirbisch die Hand hin, die dieser verlegen erfaßte,
Und vor der „Gnädigen Frau" sich ganz besonders verbeugend,
Blinzte er Flepsen zu: „Zu speisen gefällig, Herr Leutnant?
Kalt oder warm, wie's beliebt! Was Fertiges oder was Frisches?"

Aber noch ehe der Leutnant für alle dreie bestellte
(Selchfleisch mit Knödel und Kraut und dazu einen Liter vom Alten),
Klirrte am Schanktisch ein Glas, ein zweites, ein drittes in Scherben,
Blassende Hände hielten sich fest noch am Messing der Pipe,
Tief ein gemartertes Stöhnen erklang, ein schluchzendes, dann doch –
Während der Wirt einen Fluch mit dem einzigen Zahne zerknirschte,
Während das Fräulein Rose Rachoinig den wilden Triumphblick
Kaum zu meistern vermochte und niemand der Wankenden beisprang –,
Sank ein gesegneter Leib zur Erde in lautlose Ohnmacht.

Achter Gesang

῎Αλλ᾽ ὄψεσθ᾽, ἵνα τώ γε καθεύδετον ἐν φιλότητι
εἰς ἐμὰ δὲμνια βάντες· ἐγὼ δ᾽ ὁράων ἀκάχημαι.

Aber schaut sie euch an, wie lieb beisammen sie liegen
In meinem eigenen Bett! Das Herz zerspringt mir beim Anblick.

Odyssee, Achter Gesang.

Das Mühlrad ist zerbrochen,
Die Liebe hat doch kein End,
Und wenn zwei Herzliebchen sich scheiden,
So reichen s' einander die Händ.

Volkslied 1784.

Wirklich nicht länger als nötig verdrängte Cordulas Unfall
Jenes entgeisterte Staunen, das alle über des Kirbisch
Unerwartetes Kommen mit Fleps und Gemahlin empfanden!
Und als das blutende Mädchen – es war auf die Scherben der Gläser
Mit den Armen gestürzt – noch immer bewußtlos, von Schwinzerl,
Welcher als Totengräber an leblosen Körpern geschickt war,
Und von Oremus, dem Schmied, als dem kräftigsten Manne des Ortes,
Rasch aus der Stube geschafft war, zerbrach sich bald niemand den Kopf mehr
Über die Gründe der Ohnmacht. Nur freilich das Fräulein Rachoinig
Nahm die Gelegenheit wahr und hauchte Martellanz, dem Förster,
Der als das böseste männliche Tratschmaul des Dorfes bekannt war,
Tückischen Mitleids ins Ohr: „Die Ärmste, vielleicht ist sie schwanger!“
Blinzelnd maß sie der Förster und lachte dann dreckig und laut auf,
Aber die Chefin der Post, mit dem Zeigefinger am Munde,
Drückte sich fest an sein Knie und gebot ihm heuchlerisch Schweigen.
Was aber tat der Herr Fleps? Je nun, er war zwar ein wenig
Blasser geworden von Antlitz, indessen beileib' nicht aus Mitleid,
Sondern eher aus Angst, es könnte jemand was ahnen.
Dies aber währte nicht lange, und *um* so befreiterer Laune
Weihte er sich der Gendarmin, und dieser auch galten die Blicke
All der Erstaunten im Schankraum: denn *nie* noch, solange die Welt steht,
Hatte ein Weib sich so rasch, so gründlich und reizend verändert!

Du, o erfahrene Muse, die Helenas zaubrische Schönheit
Holder noch blühen gesehen, nachdem sie von Paris geraubt war,
Du, der die Wonnen geläufig, die Aphroditen verzückten,
Als sie den Krüppel Hephäst mit Ares, dem Herrlichen, hörnte,

Weißt von Unsterblichen her, wie köstlich der Ehebruch auffrischt;
Doch daß den Sterblichen auch der nämliche manchesmal guttut,
Hatten Übelbachs Männer an *sich* zwar mitunter erfahren,
Das aber galt nicht für Frauen, und folglich verschob sich ihr Weltbild,
Da sie als Lohn für das Laster so liebliche Wandlung ersahen.

War denn das überhaupt noch dieselbe, die niemand im Orte
Jemals beachtet hatte? Wo waren die bäuerisch-simplen,
Glatt aus der Stirne gestrichenen Haare? Wo waren die trüben,
Wässerig-blauen Augen, die farblos-gelangweilten Lippen
Ehmals so schüchternen Mundes? Wo war die schlampige Taille,
Wo der verdrossene Gang der ziemlich geplatteten Füße?
Alles sprühte nunmehr an diesem entzückenden Prachtweib!
Neckisch gekräuselt umzwirbelten Löckchen die niedrige Tierstirn,
Schwellend blühten die Lippen, und lebhaft spielten die Augen!
Alles war federnd und straff: die Beine, die Taille, die Brüste!
Ja, und die derben Nägel der immer noch rötlichen Hände
Waren gespitzt und gefeilt und poliert und rosig gerändert.
So etwas hatten die Männer von Übelbach nie noch gesehen,
Außer bei Damen der Stadt. Doch daß ein so köstliches Wesen,
Sündhaft duftend nach Speik, einem Manne im Dorfe gehörte
Und sich zu ihnen herabließ, das grenzte buchstäblich ans Wunder.
All dies aber war *nichts* im Vergleich zu der lauten und sichern
Art, wie die Dame nun *sprach*! Welch ein Wortschatz, welche Beredtheit!
Wenn es auch Unsinn war, was sie plauschte, wer konnte denn dieses
In dem benommenen Zustand, in dem man doch *war*, noch beurteiln?
Übelbachs Männer nicht! Die hatten Beherrschung verloren,
Wetzten erregt auf den Sitzen und schmatzten mit Lippen und Zungen,
Allen voran Herr Fürbaß, der lendengewaltige Selcher!
Blutunterlaufener Augen und blaurot verdunkelter Wangen,
Stierte er auf die Gendarmin und hätte dafür was gegeben,
Wäre er selbst der Entdecker so köstlichen Neulands gewesen.
Aber da er zwar lüstern, doch ferne von Mißgunst und Neid war,
Zwinkte er so wie die andern und blinzte und grinste er Flepsen

(Mit dem Behagen des Schlächters beim Anblick von prächtigem Stechvieh!)
Lustig-ermutigend zu, und dieser quittierte geschmeichelt.

Nun aber fragst du mich, Muse: Was tat Herr Kirbisch, der Gatte?
Menelaos, der Held, zerstörte um Helenen Troja,
Und Hephaistos, der Gott, er fing die Buhlen im Netze,
Noch in flagranti dazu, und es lachte der hohe Olympos!
Aber Herr Kirbisch, der Unheld, der gottverlaßne, was tat er?
Merkte er nichts von dem Hohne, mit welchem die Blicke ihn streiften?
Merkte er nichts von der Wandlung, die seinem Weib widerfahren?
Abgesehen von diesem verräterisch-plötzlichen Blühen,
Gab's da nicht seidene Strümpfe und rosabebänderte Wäsche,
Ja, eine Boa sogar und ein zärtliches güldenes Ringlein?
Und erst die Schuhe aus Boxkalf, die Bluse aus zartem Batiste,
Welche die purpurnen Beeren der voller gewordenen Brüste
Deutlich zu sehen erlaubte, waren das Sachen von *früher*?
Oder hatte Herr Kirbisch von seiner bescheidenen Löhnung
Jetzt erst den Luxus bestritten? Mitnichten, das waren Geschenke
Seines erhabenen Freundes, des Leutnants, der sich herabließ,
Ihn zum Nachtmahl zu laden und seiner Frau zu hofieren –
Alles natürlich in Ehren! Und folglich verhielt sich Herr Kirbisch
Ganz mit der komischen Würde der Gatten von reizenden Frauen,
Denen der Anwert, so diese bei *anderen* Männern genießen
(Immer in Ehren natürlich!), den Männerstolz in der Brust schwellt!
Und so war er denn auch der Hahnrei, wie er im Buch steht.
Wäre ich nicht so diskret, o Muse, ich könnte sogar noch
Sagen (doch tu' ich es nicht!), daß Flepsens gediegene Schule
(Selbstverständlich in Ehren!) auch *ihm* erst den rechten Begriff gab
Von den verfeinerten Formen und wechselreichen Genüssen,
Welche die Liebe beut. Denn leidenschaftlich und süß küßt
Erst die *liebende* Gattin, ist auch, der sie's lehrte, ein andrer!

Also war es am Tisch des Gendarmen wirklich gemütlich.
Ach, es fiel ihm nicht ein, sein Weib und den Leutnant zu stören,

Wenn sie die seligen Blicke begehrlich verdämmernder Augen
Tief ineinander versenkten und unter dem Tische mit Händen,
Knien, Beinen und Füßen einander suchten und fanden.
Niemand auch störte ihn selbst, die saftige Schwarte vom Selchfleisch
Zwischen die Finger zu nehmen, sie auszusaugen und dann sie
Unter den Sessel zu werfen, wo Treff, der Jagdhund, sie auffraß.
Oh, und mit welcher Gewandtheit, die einer besseren Sache
Würdig gewesen wäre, verstand er es, Fuhren von Weißkraut
Hurtig aufs Messer zu türmen und dann sie von diesem mit sicherm
Schwung in den Mund sich zu schleudern,
der schnappte, schlürfte und schmatzte!
Aber die Frau des Gendarmen, sie nippte von Speise und Trank nur,
Erstens, weil sie verliebt war, und zweitens, weil ihr das fein schien;
Und Herr Pschunder, der Wirt, war bedacht, daß immer ein Wein sei.

Ja, er bedachte noch *mehr,* der geriebene Gastwirt: entweder
Heut' oder niemals gelang es, den Abgrund des tödlichen Hasses
Zwischen dem Herrn Gendarmen und allen andern im Dorfe
Auszufüllen für immer – zu Pschunders eigenem Vorteil!
Deshalb hatte er selbst als Vorstand des Ortes ein Beispiel
Edler Versöhnlichkeit, da Kirbisch hereintrat, gegeben;
Und so befahl er denn auch, die Tische zusammenzurücken,
Und man gehorchte ihm gerne. Die Bauern, Bürger und Herren
Von der bewaffneten Macht, die Gendarmin und Fräulein Rachoinig
(Diese an jene geschmiegt, als wären sie innigst befreundet!)
Waren nun *eine* Runde, und Stimmung herrschte und Laune.

Jetzo langte vom Simse auf allgemeines Verlangen
Fürbaß die Zither herunter. Da kreischte das Fräulein Rachoinig:
„Fleps soll singen! Herr Leutnant, ach, bitte doch, bitte!" Und dieser
Ließ sich nicht ungern herbei. Der lendengewaltige Selcher
Prüfte mit zupfenden Fingern (sie glichen rosigen Würstchen!)
Erst noch die Stimmung der Saiten, und als auch dieses getan war,
Griff er Akkorde in Moll und präludierte gefühlvoll

Einem der uralten Lieder, wie sie das Volk in den Bergen,
Wenn sich die Zunge ihm löst, im geselligen Kreise beim Wein singt.
Und der Leutnant begann, und leise fiel auch der Chor ein.

Freilich, unsterbliche Muse, was deine Griechen gedichtet,
Was dein Anakreon sang, war heiterer, heller und edler!
Aber die Götter sind tot, die Hellas' Fluren belebten,
Und die gesegnete Bläue des lächelnden attischen Himmels
Leuchtet uns Nördlichen nicht auf Zypressen, Lorbeer und Rosen.
Aber im Harzduft der Wälder, wo Gemsen die Schroffen erklimmen,
Wann der Auerhahn balzt, und an mühlentreibenden Bächen
Blühen die Weisen auch uns von den ewigen Dingen des Volkes:
Ach, von der Erde, vom Tod und von Sehnsucht und Abschied der Liebe!
Und Herr Fleps, der Adjunkt, wie wenig er sonst auch Gemütsmensch,
Brachte dies alles so schlicht, so besinnlich und echt, als erwachte
Unschuld der Menschheit aus ihm und verhoffte mit großen verträumten
Märchenaugen erstaunt in die blutige Wirrsal der Zeiten.

Aber nicht nur im Wirtshaus des Dorfs am gewaltigen Volland
Klangen in dieser Stunde die alten, die innigen Lieder!
Nein, auch überall dort, wo im Anblick derselben Gestirne
Söhne des Volkes die Wacht an den Grenzen des Vaterlands hielten.
Fern in den Schützengräben und Unterständen der Fronten,
Während in jeder Minute der Tod sie bedrohte, gesellte
Landsmann zum Landsmann sich und erweckten einander die Stimmen
Jetzt zu den nämlichen Liedern; und von den Verhauen der Feinde
Tönte es Antwort herüber, und ob auch in anderen Sprachen,
Sangen doch Lieder auch *sie* von den ewigen Dingen des Volkes:
Ach, von der Erde, vom Tod und von Sehnsucht und Abschied der Liebe!
Denn es ist ja der Mensch und die Heimat hüben und drüben,
Und sie gebiert ihm Gesang, und wäre *dieser* entscheidend,
Niemals gäb' es den Kain, und in Liedes Erlösung und Rührung
Stürzten Herzen an Herzen, und Güte wäre und Frieden!

War es dessen ein Ahnen, das alle im Raume nun fühlten?
Denn als der Leutnant zu End' und der Chor und die Zither verstummt war,
Sprachen und lachten sie leiser, die Niedrigkeiten des Alltags
Wagten sich nicht in die Züge, und kindlicher blickten die Augen.

Doch was erklang da vom Saal her, das Eßzeuggeklapper und Summen
Dortigen Stimmengewirrs übertönend? Was drängten die Bauern
Sich an die offene Tür nun, zu horchen, zu schauen, zu staunen?
Wohl, es stand ein Klavier, wofern es ein solches zu nennen,
Nebenan in der Veranda, doch *so* war es nie noch erklungen!
Streichelten Frauenhände die Tasten, so daß sie verzaubert
Flüsterten, lockten, versprachen und schmachtende Seufzer verhauchten?
Einmal im flüssigsten Dreitakt, dann wieder synkopisch verhalten,
Wiegten sich langsam-gedämpft und zögerten Tanzmelodien.
Aber zu *welcher*lei Tanz! Das war nicht das Knirschen und Stampfen
Grobgenagelter Schuhe zum dröhnenden Bleche und Holze,
War nicht der schleifende Trott des plumpen, des bäurischen Walzers,
Wenn sich die Burschen und Mägde, verschwitzt und in dumpfer Umschlingung,
Halten und träge drehen im Bierdunst und Qualm des Tabakes!
Nein, zu Violen und Flöten, zum girrenden Schmeicheln von Geigen,
Traten in *dieser* Musik ganz *andere* Paare zum Tanz an:
Weiber, geschminkte, geschürzte, mit weißen, umseideten Füßen
Über Teppiche tastend und duftend in lässigen Armen
Schlanker, verlebter Männer mit lüsternen Knabengesichtern!
Nein, dies tönte nicht mehr die kindliche Einfalt des Dreiklangs,
Singend von Erde und Tod und von Sehnsucht und Abschied der Liebe,
Sondern, chromatisch verdämmernd und disharmonisch entartet,
Lockte dies Klingen die Wollust aus Tiefen des Bluts in die Nerven,
Nicht zur jähen Entflammung und nicht zur raschen Erlösung,
Sondern die glosende nährend mit reizender Kunst des Verzögerns.
Bis aus der schwelenden Glut der allmählich entzündeten Töne
Plötzlich die Brunst aufschlug und Leiber in Leiber verklammte!
Dann aber – wie eine Dirne, die während ihr Körper verdiente,
Alle Stufen der Lust mit Gebärden und Lauten geheuchelt

Und, der Komödie satt, nachher in ein kaltes, gemeines
Hurengelächter ausbricht! – so ließ auch diese Musik jetzt
Zynisch die Maske fallen, und jäh aus dem Liebesgeheuchel
Dieser verschmierten, verlogenen Allerweltsmelodien
Schnellte der Zweitakt hervor, bei welchem Matrosen und Neger
In exotischen Kneipen mit branntweinbesoffnen, verseuchten
Weibern den Kehraus tanzen und rasend das Letzte vollziehen!

Heia, das fuhr wie der Blitz in die feine Gesellschaft des Saales!
Texte stellten sich ein zur Musik, aus dem Dreck von Gehirnen
Frech in die Sprache gespien! Aber die Männer und Frauen,
Scharlachgeschminkte Münder und rosige Münder von Mädchen,
Nahmen den Kot auf die Lippen, als wär' er der Honig der Unschuld.
Wo, in welchen Spelunken, in welchen Kaschemmen des Lasters
War dies Lachen gelernt? Und wo, zu den Stößen des Zweitakts,
Dieses Bewegen der Körper, dem Rhythmus der Wollust entliehen?
Und es hielt sie nicht mehr bei den Tischen. Die wurden mitsamt den
Überbleibseln der Mähler behend an die Wände geschoben.
Gläser wurden verschüttet und andere klirrten zur Erde.
Wer doch achtete dessen?! Und, über Pfützen und Scherben,
Über Schalen von Obst, über Käserinden und Krumen
Traten die trunkenen Füße und taumelten hitzige Leiber,
Eng aneinander gepreßt, zum chaotischen Lärme des Foxtrott!

Aber der Hexenmeister, der dieses entband und bewirkte,
War ein *anderer* nicht als – jener Leutnant bei Fliegern!
Lässig zurückgelehnt, die Füße auf den Pedalen,
Ließ er die schlanken Finger der blassen, etwas morbiden
Hände, die eher zum Kosen von Harfensaiten und Rosen
Denn an den Abzug paßten verruchter Maschinengewehre,
Über die Tasten spielen. Die Lippen des schüchternen Mundes
Waren ihm schlaff wie in Ohnmacht, die Augen beinahe geschlossen,
Wenn sich nicht (*nur* auf Sekunden!) die schwerbewimperten Lider
Von den Pupillen verschoben und eines höhnischen Rausches

Eisige Blitze versandten. Denn diese Männlein und Weiblein,
Diese hopsenden Böcke mit grauen Haaren und Glatzen,
Diese verlebten, entfleischten und geilen verfetteten Frauen,
Diese hysterischen Nixchen und tachinierenden Krieger
Waren für ihn, den Gestählten, den Knaben, den Luftraumgewohnten,
Nur ein verächtliches Rudel von würdelosen Entnervten,
Denen sein klingender Griff die fadenscheinigen Larven
Heuchlerisch-feiner Gesittung wie Zunder vom Leib und Gesicht riß.
Wer ihn so sah, wie er spielte und wie er die Peitsche dem Pack gab,
Ahnte, daß dieser Jüngling mit todesverachtender Kühnheit
Mordmaschinen bediente im grausamen Nahkampf der Lüfte.

Mitternacht rückte heran, und der Flieger wurde nicht müde,
Aber die Bauern hatten sich längst von der Saaltür verzogen.
Was die drinnen da sangen, das Zeug, das verstanden sie *so* nicht,
Und was sie tanzten da drin, war nach *ihren* Begriffen „kein Tanz nicht".
Also wurde alsbald die Tür geschlossen, und Fürbaß
Ließ sich nicht lange bitten, in *ihrer* Sprache zu singen.
Denn heut' war er in Stimmung! Die Nähe des sündigen Weibes
Wühlte ihn mächtig auf. Wie ein Moloch aus glühendem Fleische
Dampfte er Urkraft und Brunst. Das Blaurot seines Gesichtes
Hatte schon nichts mehr gemein mit der Farbe menschlicher Wangen.
Nein, es ragte der runde, fast kahlgeschorene Schädel
Wie ein obszönes Idol aus dem weißen Wamse des Schlächters!
Doch der verwegene Mund mit dem blendend blanken Gehege
Kannibalischer Zähne, er krähte mit einer grotesken
Dünnen und heiseren Stimme so zwerchfellerschütternden Unflat,
Daß sich die Bürger und Bauern die Bäuche hielten vor Lachen.
Ja, sogar der Gendarm, der Würde des Hahnreis vergessend,
Grölte aus vollem Halse und schlug sich klatschend die Schenkel.

Aber indes bei den Gästen der Taumel die Höhe erreichte,
Hatte Herr Pschunder, der Wirt, schon längst den Hauptschlag ersonnen,
Welchen er (heut' oder nie!) nach Kirbisch zu führen gedachte,

Und am gewaltigen Herde der reinlich gehaltenen Küche
Stand Katharina, die Köchin, verschwitzter denn jemals und schaffte
Über Auftrag des Chefs geheimnisschwangere Dinge.
Ob die Glocken der Kirche entscheidende Siege geläutet,
Oder Kanonenschüsse den Frieden dem Lande verkündigt,
Oder ob Pschunder, der Wirt, am Ende närrisch geworden,
Diesem sann sie nicht nach und hatte dazu auch die Zeit nicht,
Sondern vollzog den Befehl und gebot den rüstigen Mägden.
Eine hatte zu tun, ein Dutzend Eier ums andre
Flink auseinanderzuschlagen und Dotter und Klares zu sondern;
Jene peitschte den Schnee mit der federnden Rute im Kessel,
Diese spann Zucker am Feuer, und etliche andere rührten.
Eine doch stand auf der Wacht für den immerhin möglichen Fall, daß
Kirbisch, von Notdurft geplagt, an der Küche vorbei in den Hof ging;
Denn was in dieser erzeugt ward an strengstens verpönten Genüssen,
Hätte nur wenig getaugt für das scharfe Aug' des Gesetzes.
Schon das Aroma allein aus dem Rohr des gewaltigen Herdes,
Dieser Duft nach Kaffee und Gebacknem aus Weißmehl und Mandeln,
Mußte die amtliche Nase in jenen Tagen erbosen.
Aber die Torten erst selber! O diese mit frevler Verachtung
Aller Hungergesetze aus lauter sträflichen Sachen
Hergestellten Gebilde! Sie waren Verbrechen aus Backwerk!
Duftend lagen sie da, aus den Formen genommen, auf Blechen.
Bräunlich und gleichsam noch nackend die einen, aber die andern
Schon mit der blanken Glasur überzogen gesponnenen Zuckers
Und gefüllt mit der Creme aus Obers, Dottern und Mokka.
Doch das Delikt der Delikte, es harrte noch erst der Begehung!
Aber nicht lange mehr. Denn schon kam Pschunder gelaufen
Und befahl den Vollzug. Da schritt Katharina, die Köchin,
Wichtig ins dunkle Gelaß des küchebenachbarten Kühlraums
Und mit gewaltigem Topf voll weißesten, süßesten Rahmes
Kehrte sie würdig zurück. Da wurde die Sahne geschlagen.
Herrlich wuchs sie im Becken zu schimmerndem, flockigem Schaum an,
Und als auch dieses vollbracht war, da wurde die größte der Torten

Mächtig mit Schlagrahm betürmt und, eh' noch die Köchin die letzte
Hand an das Kunstwerk gelegt, ergriff schon der Gastwirt die Schüssel
Und war auf und davon und stand vor der schönen Gendarmin.

Wer, o Muse, beschriebe den leviathanischen Jubel,
Den nun der Auftritt des Wirts und die köstliche Torte entfachte?
Alle die Bürger und Bauern – ansonsten träg von Gedanken,
Wenn es ein redliches galt, ein gütiges Beispiel zu fassen! –
Dieses begriffen sie flink und stießen lachend einander
Unter und über dem Tische mit Seitenblicken auf Kirbisch.
Doch mit der lächelndsten Miene der Unschuld, als gäb' es auf Erden
Weder Gendarmen noch Krieg noch Hunger noch Hungergesetze,
Kühn überreichte der Schlaue die Schüssel der Heldin des Tages.
Läppisch lachte die Törin und wußte sich nicht zu benehmen,
Zierte sich erst eine Weile, doch dann obsiegte die Dummheit,
Tückischer Zuspruch der andern und Kitzel des eigenen Gaumens.
Hurtig ward nun geteilt und, ehe noch Teller zur Stelle,
Fraßen die meisten vom Tischtuch, und Schnaps und Obstmost und Bier floß.
Und das Aug' des Gesetzes?! Je nun, o Muse, es schläft nicht
Bloß der Vater Homeros bisweilen. Was hätte der Kirbisch
Andres auch machen sollen als gute Miene zum bösen
Spiele? Er war aus dem Holz nicht, aus welchem ein Cato geschnitzt war!
Folglich sah er erst zu, aber dann, nach genügendem Zögern,
Schnappte auch er nach der Frucht des verbotenen Baumes, und Flocken
Süßesten Schaumes hafteten weiß im Gestrüpp seines Schnurrbarts.
Heia, das freute die Gauner! Doch drinnen im Saale, da ward es
Plötzlich stiller denn still, und es stockten Tanz und Musik, wie
Wenn (o Triumph der Dressur!) im Zirkus zum Scheine das Pferd stirbt.
Dann doch erschienen im Saale mit mächtigen Platten die Mägde,
Und es blühte auch jenen die göttliche Speise, und Pschunder
Hielt eine Rede auf Kirbisch. Da drängte die ganze Gesellschaft
Jubelnd hinaus in den Schankraum und brachte ein donnerndes Hoch aus.
Linkisch erhob sich der Hahnrei und stammelte etwas und faßte
Alle, die man ihm bot, die vielen begeisterten Hände.

„... Wer, o Muse, beschriebe den leviathanischen Jubel,
Den nun der Auftritt des Wirts und die köstliche Torte entfachte? ... “

Aber *des* nicht genug! Dieweil doch in Zeiten des Krieges
Während die Armut verkommt und das Kind in der Mutter dahinsiecht,
Näher am Bauche als sonst das vaterländische Herz wohnt,
So intonierten im Chorus die Kettenhändler und Schieber,
Beutelschneider des Dorfes, die lippengeschminkten Mondänen,
Tachinierer und Held, die Gendarmin und Fräulein Rachoinig
Schleimigster Rührung das Lied, das Abertausende täglich,
Ach, mit Wunden und Tod, mit Strömen von Blut und von Tränen
Kämpfend und leidend bezeugten: das Lied, die Hymne des Volkes!

Bebte die Erde da nicht? Und zutiefst im Granitschoß des Volland,
Pochte da Luzifers Puls, das wilde, unsterbliche Herz nicht?
Nichts von alldem geschah. Doch die Massengräber, die furchtbarn
Scheunen des mähenden Todes, in welche die Blüte der Jugend
Eingebracht war in Garben, erbrachen sie nicht die Verwesung,
Daß schon der bloße Geruch des ungeheuren Zerfalles
Alles Gelichter verdürbe? Mitnichten! Zeichen und Wunder,
Noch geschahen sie nicht, noch waren die Zeiten erfüllt nicht.
Üppig wucherte noch das Unkraut. Aber dereinst, wenn
Seine Posaune ertönt, wird er wirklich dann, der Gerechte,
Spreu von dem Weizen sondern, die tauben Ähren zertretend,
Aber die hältigen lesend mit Liebesbehutsamkeit? Oder
Wird er auch *dann* es noch dulden, daß Unsaat das edlere Wachstum
Schon in den Keimen erstickt und selbst um so frecher in Saft schießt?!

Köstliche Nacht des Gebirgs! Mit klarer, prickelnder Kühle
Waren die Lüfte gewürzt, und über den Bergen des Ostens
Ahnte das Wolkengestreife bereits die Dämmer der Frühe.
Schwinzerl, der Wächter der Nacht, rief eben im Dorfe die zweite
Stunde nach Mitternacht aus. Die vom Trunke heisere Stimme
Krähte nur mühsam den Spruch, und Antwort gaben die Hähne.
Manchmal bellte ein Hund, und in Ställen rasselten Ketten.
Nirgends außer im Gasthaus wachten noch Menschen, die andern
Schliefen den dumpfen Schlaf, doch die Erde entatmete Düfte.

Freilich im hintern Gevierte des Hofes vom Störrischen Engel
Waren die Wiesen-Arome gemengt mit den scharfen Gerüchen
Aufgeschichteten Düngers, und dort auch, neben dem Kuhstall,
Ganz in der Tiefe des Schattens, mit dem eine mächtige Scheune
Selbst noch die Nacht übertraf, da war zur ebenen Erde
Spärlich ein kleines, vergittertes Fenster flackernd erleuchtet.
Dort auf dem Steintritt der Tür, die neben dem Fenster ins Haus ging,
Kauerte irgendein Etwas und stöhnte bisweilen gequält auf.
Oder schluchzte es gar? Dann erklang es wieder wie Stammeln
Wilden und wirren Gebets einer menschlich-tierischen Stimme,
Welche mit Gott und der Welt in hilflos trotzigem Streit lag.
Vitus war es, der Knecht, die Einfalt des Dorfes am Volland,
Und es hätte kein Fußtritt, kein Hieb mit der Peitsche die treue,
Kindliche Mißkreatur von der Schwelle der Herrin vertrieben.
Denn da drin in der schmalen, der kuhstallbenachbarten Kammer –
Dünne Bretter nur trennten die Wohnung des Tiers und des Menschen –
Lag auf den Rücken gestreckt (in Ohnmacht noch oder schon schlafend?)
Cordula, geisterhaft bleich, vom Stumpf einer Kerze beflackert.

Krankenzimmer der Dienstmagd! Erblüht dir die Träne, o Muse,
Golden im göttlichen Auge? O sieh doch: so arm kann ein Mensch sein!
Alles, was ihn umgibt, ist fremdes Besitztum. Die Bettstatt,
Wackelig, dürftig und hart, die *Liebe* nicht füllte das Stroh in
Diesen zerschlissenen Sack, auf dem von der Arbeit für andre
Müde ein Menschenkind den kurzen und bleiernen Schlaf schläft.
Ob auch ein Tisch noch vorhanden,
ein Schrank und ein Becken zum Waschen,
All dies ist doch nur *geliehen,* und eigen ist höchstens das Bildchen
Unserer Lieben Frau, das zu Häupten des Betts an der Wand hängt,
Und, in die Ecke geräumt, als Zeichen des Nirgendsdaheimseins,
Irgendein Koffer aus Holz, ein Handkorb, aus Weiden geflochten.

Stille! Der Atem der Magd ging manchmal beklommener. Schmerzlich
Schürzte die Lippe sich dann, und von der geheiligten Wölbung

Heimlich gesegneten Leibes glitten, noch eben gefaltet,
Hilflos und kindhaft gewordene Hände. Aus Nickel die Weckuhr
Neben dem Bette der Kranken, sie tickte metallisch und hurtig.
Falter flogen ins Zimmer, umschwärmten die Kerze und fielen
Plötzlich wie tot aus dem Lichtkreis, um immer wieder von neuem
Trunkenen Tanz zu beginnen und geisternde Schatten zu werfen.
Da, von der Straße herüber, Gejohle, zuerst noch verharrend,
Dann aber rasch sich entfernend: es gab die ganze besoffne
Wirtshausgesellschaft dem Kirbisch und ihr, seinem Weib, das Geleite.
Alptraum gespenstischen Morgens! Aufstöhnend wandte die Magd sich.
Ahnte sie, daß an der Spitze des taumelnden Zuges der Mann schritt,
Der sie zur Mutter gemacht und, ihm zur Seite, die *andre*?
Aber das Fräulein Rachoinig, von Fürbaß und Schwinzerl gehalten,
Spie in den Straßengraben zum jauchzenden Gaudium aller.
Da, aus dem Schoße des Ostens, erhob sich der zögernde erste
Purpur des nahenden Tags. Über schwärzlich geschichtete Wolken
Wogte die Helle empor und warf in Cordulas Kammer
Überirdische Glut und, dunkel auf flammenden Grund, den
Schatten vom Fensterkreuz an die Rückwand über dem Bette.
Da erwachte das Mädchen und sah und lauschte. Was *war* dies?
Psalmodierten die Scharen, die himmlischen, oder entrückte
Ihre Geister noch Traum? Das waren *nicht* nur die Vögel,
So in der alten Akazie des Hofes dem Aufgang lobsangen!
Nein, in dem Jordan des Lichtes, der jetzt die Welt überströmte –
Selbst im Saal das Klavier, wofern es ein solches zu nennen,
Ließ seine Tasten aufleuchten in eitel Gold und Rubinrot! –,
Wusch eine einsame Seele, die alle Flicken des Hohnes
Weithingeworfen von sich, ihr Leid vom Schmutze der Zeit rein!
Einer, der hoch über Wolken in Gottes schreckliches Antlitz
Tiefer gesehen als andre und durch die Donner des Motors
Seinen Blutruf vernommen, er spielte in der Veranda,
Endlich mit sich allein, doch inmitten verwesender Reste
Tierischen Bacchanals: das Gloria der *Missa solemnis*!

Neunter Gesang

Κύκλωψ, τῆ, πίε οἶνον, ἐπεὶ φάγες ἀνδρόμεα κρέα ...

Nimm, Kyklop, und trink eins;
auf Menschenfleisch ist der Wein gut!

Odyssee, Neunter Gesang.

Ihr Herrn und Fraun,
Laßt's euch sag'n:
Der Hammer hat
Viere g'schlag'n.
Gebt's Obacht auf das Feuer und das Licht,
Daß kein Unglück g'schicht!
Gelobt sei Jesus Christus!

Altes Nachtwächterlied.

Wochen waren vergangen im Dorf am gewaltigen Volland
Seit dem beträchtlichen Abend, an dem der betölpelte Hahnrei
Von dem verbotenen Baum die verfängliche Torte gegessen,
Und seinen Mittag erklomm auf goldenen Stufen der Sommer.
Gnade der köstlichen Tage in jenem Jahre des Unheils,
Da die Menschen einander noch immer haßten und würgten!
Unbeirrbar von ihrem Treiben vollbrachte die Erde
Wunder des Früchtegedeihens, vollzogen die hohen Gestirne
Wetterbestimmenden Gang, und im glücklichsten Wechsel erquickte
Reifende Wärme die Flur und milde bewässernder Regen.
Aber des Himmels Panier, ob oft auch gewitterverdunkelt,
Bläue war's über der Welt, und goldene Bänder, die Wolken,
Wehten am Tage daran, und Sterne bestickten's in Nächten.

Bläue, unendliche Bläue, wie atmest du wandernde Wellen
Über die lüftebewegten aufs neue ersprossenden Wiesen,
Während auf anderen noch, zum Trocknen gehäuft und gewendet,
Süßen verwelkenden Duftes die *erste* Ernte der Mahd liegt!
Bläue, o göttliche Bläue, wie glühst, wie flimmerst du silbern
Über den Spitzen der Ähren, wenn in der Schwüle des Mittags
Grillengezirpe sich regt und Schnitterinnen und Schnittern
Tief in die bleiernen Träume der Rast die Stimme des Pan ruft!
Doch in den Wäldern oben, die wie vom Beginne der Zeit her
Ragen und niederdunkeln in Schluchten, auf Wiesen und Felder,
Nascht schon das Haselhuhn an der Preiselbeere, nach Pilzen
Riecht es in Schattenbereichen, und in den Nächten, der Brunftbock
Sprengt jetzt sein rotes Gemahl, die lüstern fiepende Ricke.

Ewige Wiederkehr der heilig-natürlichen Dinge!
Saltus non facit natura! Nach vorbestimmten Gezeiten
Fügt sich, was immer geschieht, in ihren beständigen Reihen.
Nur in der *menschlichen* Welt, der wankelmütigen, kleinen,
Scheint es bisweilen, als machte sogar die Natur einen Bocksprung
Und als stünde Vernunft und jedes Gesetz auf dem Kopfe.
Denn es braucht ja, o Muse, von jenem künstlichen Netze,
Das aus Begriffen geknüpft ist, so jeweils Sitte und Recht sind,
Nur eine einzige Masche sich aufzulösen und sieh, das
Ganze Gespinste zerfällt in ein sinnloses Wirrsal von Fäden,
Und ein jeder verlacht's und tritt mit den Füßen und speit drauf!
Also, wenn auch im kleinen und doch als ein Abbild des Größern,
Wandten die Dinge sich auch im Dorf am gewaltigen Volland
Seit dem beträchtlichen Abend, an dem der betölpelte Hahnrei
Jene verfängliche Frucht vom verbotenen Baume gegessen
Und seitdem seine Gattin, noch eben beinahe gesteinigt,
Förmlich im Handumdrehen vom ganzen Dorfe geehrt ward.

Und sie *wurde* geehrt wie einstens Bethulias Judith,
Ob sie auch nicht Holofernen den Kopf vom Rumpfe geschlagen,
Sondern es bloß bewirkt, daß Kirbisch den seinen verloren!
Pschunders verwogenes Beispiel, es hatte bei jener Gefolgschaft,
Welche, solange die Welt steht, allein die Lumpen einander
Leisten, Schule gemacht: Herr Frischenschlager, der Bäcker,
Schickte, sooft er aus Weißmehl verbotenes Backwerk und Brot buk,
Pröbchen zum Kosten davon dem Weib des Gendarmen. Der Krämer
Spendete Butter und Käse, Kaffee, Schokolade und Zucker,
Seife, Kohle, Benzin, Petroleum, Spiritus, Kerzen,
Lauter dem freien Handel noch immer entzogene Dinge,
Die man aber nun wieder im Dorf am gewaltigen Volland
Bei Populorum Baptist, Spezerei- und Gemischtwarenhandlung,
Postwertzeichenverschleiß und Tabaktrafik usw.,
Ob auch nur heimlich, bekam und natürlich nur, wenn man bei Geld war;
Denn für die Ärmsten und Armen, da galt ja wie ehmals und jemals,

Den nur der Reichtum verlacht, der volle Ernst der Gesetze.
Aber am nobelsten zollte ... doch halt, o Muse, da hebt ein
Andres Kapitel an von komisch-tragischer Größe:

Fürbaß Romanus Ägid, der lendengewaltige Selcher,
War, wie schon öfters erwähnt, trotz seines blutigen Handwerks
Fast ein Gemütsmensch zu nennen. Gewinnsucht war ihm zwar auch nicht
Fremd und ebensowenig die Schlauheit, dem Aug' des Gesetzes
Sand in die Augen zu streun in Gestalt von verblümten Geschenken,
Aber in diesem Falle war doch noch ein tieferer Grund da,
Daß er die Habgier bezwang und nachgerade splendid ward!
Niemals hatte der Selcher, der, was er begehrte, im Sturm nahm –
Denn er war Junggesell und ein Mann von bestem Geschäftsgang –,
Sehnsucht kennengelernt! Im Keller über die Fässer
Bog er die girrenden Mägde, im Stall, auf dem Feld und im Stadel
Zwang er die keuchenden hin mit den eisernen Griffen des Schlächters,
Und den Geschwängerten gab er – ein Schweiggeld nach einem Tarife,
Welcher bei allem bekannt war, was Schürzen und Kitteln im Dorf trug.
Aber die Frau des Gendarmen? Die war eine *Dame* geworden,
Brauchte nicht Mammon von ihm und hatte zwei andere Männer,
Welche ihren Bedarf an Wollust und Huldigung deckten.
Oh, da lernte der Selcher in seiner Ohnmacht die Sehnsucht,
Lernte die folternde Gier der unerwiderten Liebe
Kennen, welche bei diesem im Blute watenden Riesen –
Hämischer Streich der Natur! – ins Masochistische umschlug.

Ja, er war *ganz* verkehrt, der gewaltige Selcher, geworden!
Wie doch zeigte sich dies? Durch völlige Wandlung des ganzen
Innern und äußeren Menschen. Denn abgesehen von allen
Braten, Schinken und Würsten, die er höchstselbst der Gendarmin
Täglich in Gottes Früh', wenn Kirbisch noch schnarchte, ins Haus trug,
Nahm er nun öfters ein Bad, balsamierte sich Scheitel und Schnurrbart,
Wechselte häufig das Hemde, damit die Gerüche der Schlachtbank
(Jene Gerüche von Blut und dem Inhalt der tierischen Därme!)

Nicht am Ende die Nase der Feinen behelligen mochten.
Aber an jedem Sonntag nachmittags bei günstigem Wetter
Ließ er die üppig gefütterten Gäule, die unter der Woche
Kälber und Schweine verfuhren, aufs prächtigste schirren und saß mit
Kirbisch, Gemahlin und Fleps in der sammetgepolsterten Chaise,
Leutnant und Dame im Fond, der Hahnrei und er auf dem Rücksitz.
Wenn er dann merken mußte, wie jene sich unter der Decke
Fanden zu manchem Pläsier, das scheinbar mitunter recht weit ging,
Hatte er, während der Gatte nichts sah noch ahnte, Gefühle,
Welche ihn bald in die Hölle und bald in den Himmel versetzten.
So weit war's mit dem lendengewaltigen Selcher gekommen!

Aber genierten sich Fleps und das Weib des Gendarmen denn gar nicht?
Nein, sie genierten sich nicht. Wozu auch, unsterbliche Muse?
Herrlich, von südlicher Wärme war ja der Sommer, die Lüfte
Milde sogar in den Nächten und dennoch würzig, die Sterne
Leuchten ja gern den Verliebten, und Wiesenraine des Abends,
Wenn die Vögelein schlafen und äsend das Reh aus dem Wald tritt,
Sind doch (Tandaradei!) ein gar duftendes Bette der Wonne!
Wenn die Geliebte sich dann, mit der Nachglut der Lust auf den Wangen,
Trunkener Knie erhebt, die Haare ordnet und Rispen
Sich von der Schürze knipst und flüstert: „Ach, *jetzt* bist du wieder
Schlimm gewesen, mein Schatz!" und wenn dann des schmollenden Mündchens
Vorwurf lügengestraft wird vom Dankblick der schelmischen Augen –
Süßer Triumph der Natur und des göttlich schweifenden Urtriebs
Über die Pedanterie, die dergleichen in muffigen Betten,
Förmlich nach Stunde und Maß und, wie man ein Medikament nimmt,
Ohne den Blitz der Begierde gewohnheitsmäßig erledigt!
Heißt du mich schweigen, o Muse? Errötest du? Aber so lies doch
Nach in der Mythologie! Deine Götter, sie liebten im Freien!
Hoch auf den Höhn des Hymettos, des honigberühmten, liebkoste
Eos den Kephalos, den Endymion küßte Selene
Nächtlich im Höhlengebirg, und der Satyr die Nymphe am Ufer.
Nur der olympische Zeus – er trug nicht umsonst einen Vollbart! –

Liebte in Wohnungen auch: ad exemplum die schöne Alkmene,
Die er im Bette des Gatten beschlief und in dessen Gestalt auch.
Sonst aber zog selbst *er* die Natur vor, freilich in Adler,
Schwan oder Stier sich verwandelnd, was Sterblichen leider versagt ist.

Folglich sage ich frei: es liebten Fleps und Gendarmin
Ganz wie die Götter einander an Bächen, auf Wiesen, in Wäldern.
Ach, man kannte im Dorfe genau die verschwiegenen Plätzchen,
Wo sie einander genossen; man wußte die üblichen Stunden
Ihrer Zusammenkünfte; es konnte nach diesen die Uhr sich
Richten, wem es beliebte; und wenn sich der Hahnrei bisweilen
Dienstlich entfernen mußte, so konnte man *eins* gegen tausend
Wetten, daß balde darauf der Leutnant, natürlich aus Zufall,
Summend am Amtshaus vorbeikam, und alles übrige fand sich.
Ungeheurer Gesprächsstoff! Das Fräulein Rose Rachoinig
War in beständigem Fieber und dennoch, mit ihrer Entrüstung
Hatte sie keinen Erfolg. Nicht einmal die Weiber, bei denen
Nahezu nichts mehr zu tätscheln und hätscheln vorhanden, verargten
Jenen ihr sündiges Glück, seitdem die Schande zur Ehre
Und aus der Ehre Aufschwung, der allgemeine, geworden.

Überhaupt, Übelbachs Weiber! Seit jenem beträchtlichen Abend,
Da sich beim Engelwirt die Geburt des Foxtrott vollzogen,
Hatte sie Taumel erfaßt, besonders die hübschern und jungen!
Wo sie auch standen und gingen, am Herd, im Geschäft, auf der Straße,
Gaben sie Armen und Beinen, den Hinterfronten und Hüften
Jene Bewegungen, die, dem Rhythmus der Wollust entliehen,
Ihnen der Inbegriff mondäner Grazie dünkten.
Überall zirpten und summten, vom Strickstrumpf, vom Waschtrog, vom Stall her,
Jene verschmierten, verlogenen Allerweltsmelodien
Samt den geschmalzenen Texten, mit denen sich Sudelgehirne
Frech in die Sprache erbrechen! Von schnöden Pikanterien
Flossen die Lippen über, die analphabetischen, denen
sonst schon ein Wort nach der Schrift ein komisch-vermeßnes Bemühn war

Und eine billige, faule Lebe- und Halbweltromantik
Elektrisierte die plumpen, die bäurischen Vogelgehirne,
Daß sie zu fippern begannen nach ungeheurem Erleben!
Heia, da wurde das Dorf, die Arbeit mit Besen und Borstwisch,
Wurde das Dasein zu eng zwischen Düngerhaufen und Kuhstall,
Und was da konnte, entlief in die Stadt, in die Rüstungsfabriken.
Und was im Orte verblieb, das fand auch *da* seine Rechnung.
Kamen doch nach wie vor an jedem Samstag, den Gott gab,
Nebst den Gemahlen der Damen geschmeidige Kavalleristen,
Welche, vom Frontdienst enthoben, im Kriege verdienten statt dienten.
Und es kamen gefahren mit Kutschen und Automobilen
Öfter und öfter nunmehr in flotter Kokottengesellschaft
Märchenhafte Gestalten, von denen niemand zu sagen
Wußte, woher sie so plötzlich das Land überschwemmten: die Schieber!

Heia, da knallten die Pfropfen bis tief in die Nächte, da wurde
Hasardiert und getanzt, und der Totengräber, Herr Schwinzerl,
Welcher als Wächter der Nacht die Stunden ausrief im Dorfe,
Hatte nun herrlichste Zeiten. Die Partisane geschultert,
Sang er sein Lied auch im Saal und am Ende das Lob Jesu Christi
Grölenden Schiebern und Dirnen, und immer gab es für ihn dann
Sekt, Zigarren und Trinkgeld, und morgens war er besoffen.
Aber *vor* der Veranda, die Nasen gedrückt an die Glaswand,
Gaffte das Weibsvolk des Dorfes und sah es den Menschern im Saal ab,
Wie man es machen muß, um *auch* in Jubel zu leben,
Und eine jede verspürte den Marschallstab im Tornister!
Heia, da wurde Silen mit Hängebacken und Spitzbauch,
Wenn er nur Geld unter sich ließ und zahlte, was gut war und teuer,
Wurde der dummen Krapüle zum Idealbild des Mannes!
Heia, da neigte das Schifflein der leck und locker gewordnen
Afterbürgermoral bedenklich die Planken, und plötzlich
Kamen aus allen Schlüpfen des modrig gewordenen Rumpfes,
Kamen die Ratten auf Deck: die heimlichen Laster, die lichtscheu'n
Winkelgewerbe, und rafften, bevor es auf Grund ging. Zum Beispiel:

Frau Jadwiga Paschanda, die frömmste unter den Witwen,
Übte den alten Beruf des Gelegenheitsmachens und Kuppelns
Wieder mit Leidenschaft aus und vermietete nur mehr auf Stunden.
Und Sophie Populorum, als staatlich geprüfte Hebamme,
Hatte nun nicht nur ein Schild, das unter dem Bildnis der Mutter
Gottes auch das Symbol einer hilfreich-kundigen Hand wies,
Sondern bekam nun auf einmal ganz andere, *bessere* Kundschaft,
Als es die Mägde gewesen, die immer erst, wenn es zu spät war,
Flennend geschlichen kamen und drohten, ins Wasser zu gehen.
Freilich, sie hatte auch diesen in früheren Zeiten geholfen,
Wenn in der Regel auch bloß in ein besseres Jenseits; doch all dies
War nun verjährt und vergessen und kam auch gar nicht so weit mehr.
Denn es war die Kultur mit den allermodernsten Methoden
(Mit Prophylaxis, Asepsis, Symptombehandlung etc.)
Eingezogen ins Dorf durch die rührige Gattin des Krämers!
Vorne im Gassengewölbe verschleißte Baptist Populorum
Sensen und Pfeifenköpfe, Kalender und sauere Gurken,
Suppenwürfel und Schuhwichs, Tabak und Brandmalereien,
Mittel gegen den Fußschweiß, das kleine ägyptische Traumbuch,
Komische Larven zur Fastnacht und Sterbekreuze etc.
Aber im hinteren Raum (mit diskretem Eingang vom Hof her)
Ordinierte die Frau und hatte ein wohlassortiertes
Lager von Neuigkeiten in interessantern Artikeln!
Staunen würdest du, Muse, obwohl du doch *auch* eine Jungfrau,
Was es da alles gab und was die Jungfraun des Dorfes
Nötig zu haben begannen, um solche noch eben zu bleiben!
Aber ich schweige ja schon, o Göttin, und wollte damit nur
Sagen, wie *alle* Gebiete des ländlichen Lebens befruchtend
(Oder auch nicht befruchtend!) der Sündenfall des Gendarmen
Und seines Weibes gewirkt und wie aus der Schande das Glück ward.

Denn es ist unterwegs, dein Glück, du Dörfchen am Volland!
Handel und Wandel gedeihen, Pschunders Friedensverpflegung,
Gestern noch windiger Bluff einer skrupellosen Reklame,

Ist nun zur Wahrheit geworden, und seine Gäste besorgten
Ihren Ruhm in der Stadt und wohin sie kamen im Lande.
Und sie kamen herum in Geschäften, die Treiber der Preise,
Wechselreiter und Kettenhändler! Doch nicht nur die Ortschaft,
Sondern die ganze Umgebung ist jetzt zum Dorado geworden
Für den verbotenen Handel und Wucher mit allem und jedem.
Heia, da stiegen die Preise! Die harten Herzen im Lande
Stießen hart aneinander, und immer gab's einen Goldklang
Für den gehauteren Wicht. In allem, was realisierbar,
Sind Spekulanten zur Hand! Die Wälder sinken vom Axthieb,
Schlagreif oder auch nicht. Die Futterwiesen und Äcker
Werden in Baugrund verwandelt und künftiger Aussaat entzogen,
Und die Frucht auf dem Halme, das Obst auf den Bäumen, die Häute
Friedlich noch grasender Rinder, die Wolle künftiger Schafe
Boten zu Luftgeschäften den allervergnüglichsten Anlaß.

Doch am verwegensten trieb's, auf dem Gipfel der Ehre und Macht nun,
Pschunder Tobias, der Wirt und Ortsvorsteher am Volland.
Alles kaufte er auf: ob Höfe, ob Wiesen, ob Wälder,
Wege- und Wasserrechte und an der Straße den Steinbruch!
Denn ihm stand in der Seele (nebst einem Landtagsmandate),
Herrlich nach Süden gewandt, vis-à-vis dem Störrischen Engel,
Erker- und türmchengeziert, elektrisch beleuchtet durch eigne
Wasserkräfte, ein Bau, ein weithin-gebietender Prachtbau:
Pschunders Alpenhotel, Haus ersten Ranges mit allem
Allermodernsten Komfort, Telephon und Bäder im Hause!
Dann erst, o Muse, erst dann, wenn dieses gleich einer Zwingburg
Alles im Dorf überragt und das Pschunderprinzip triumphiert hat,
Wird das Glücksmaß gefüllt sein! – Allein, da geschahen ganz plötzlich
Allerlei düstere Dinge, welche in Übelbachs Aufschwung
Wie der Frost in die Frucht, in die erst noch zu erntende, fielen:

Erstens kam eines Tags eine Zuschrift an die Gemeinde,
Daß der Landsturmhornist Ameseder Thomas gefallen.

Thomas? Der Pächter vom Volland? Der wackere Vater von dreizehn
Minderjährigen Kindern? Ach ja, unsterbliche Muse!
Pschundern Tobias, dem Wirte, als Ortsvorsteher oblag es,
Amtlich der Witwe hievon geziemende Nachricht zu geben.
Weil aber Thomas weiland nicht heimatberechtigt im Ort war
Und zumal doch das Schutzhaus der Dorfgemeinde gehörte,
Sagte Pschunder zugleich mit der Todesnachricht den Pacht auf,
Ließ ihn sich *selbst* übertragen (legaliter!) – beßre Halunken
Gehen legaliter vor! – und setzte eine von seinen
Dorfkreaturen ins Haus. Vergeblich blieben des Pfarrers
Bitten um Menschlichkeit. Die Gemeinde fand keinen Anlaß,
Antwort zu geben auf sie, und die Witwe hatte zu wandern.

Zweitens erschien beim Gendarmen zu Anfang Septembers ein fremder
Seltsam lodernder Greis mit König-Lear-Bart und wies dem
Mann des Gesetzes, der barsch nach Name, Art und Begehr frug,
Stumm ein entfaltet Papier des Inhalts, daß das Verfahren
Gegen Crinis Ernest, seines Zeichens Glaser, auf Grund von
amtlich erhobenem Blödsinn zur Gänze eingestellt worden.
Mißtrauisch maß der Gendarm den Tumultuanten von ehmals,
Nahm ihm für alle Fälle – dergleichen konnte nicht schaden! –
Die Generalien ab und befahl ihm, ohne Verzug und
Aufsehn nach Hause zu gehen. Allein, der Glaser begab sich
Ohne Verzug auf den Platz vor dem Gasthaus zum Störrischen Engel,
Stieg auf die Stufen des Brunnens und hielt von dort eine Rede,
Daß die Erde bereits ihr Maul aufsperre, um Korah
Samt seiner Rotte zu schlucken, womit weiß Gott wer gemeint war.
Weiter doch kam er nicht. Dann schickte der Wirt seine Knechte,
Die den prophetischen Alten, umkichert von Weibern und Kindern,
In seine Wohnung brachten, das heißt, es war dies so leicht nicht:
Hatte doch Crinis den Schlüssel, mit dem er vor seinem Gerichtsgang
Wohnung und Werkstatt verschloß, in der Haft oder sonstwo verloren.
Lange suchte er ihn in allen Taschen zum Gaudium
Aller, welche es sahen, dann brachen die Burschen die Tür auf,
Schoben den Glaser ins Haus, und der launige Pöbel verlief sich.

Drittens. Im Dörfchen am Volland hatten die Leute vor lauter
Glück und Aufschwung vergessen, daß schließlich immer noch Krieg war.
Da aber hing eines Morgens im Fenster des löblichen Postamts
Ein Generalstabsbericht, der, wenn auch behutsam, doch deutlich
Feindlichen Einbruch gestand in die östliche Kampffront und schwere
Eigne Verluste an Truppen. Dergleichen hatte man früher
Auch schon des öftern erlebt, und immer doch war dann das Ärgste
Wieder verhütet worden. Daher war Furcht und Erregung
Über die Sache an *sich* nicht eben die größte. Doch diesmal
Traten Erscheinungen auf, die *un*mittelbar an den eignen
Heiligen Geldsack rührten: denn jene Flüchtlingsfamilien,
Denen nun weiteres Gut durch den Einfall des Feindes bedroht war,
Packten in Eile die Koffer und reisten Hals über Kopf ab.

Aber das Schlimmste geschah erst: Das nächste Amts- und Bezirksblatt
Druckte in fetten Lettern ein umfangreiches Dekret ab,
Das in gewundenem Stil und unter Berufung auf viele
Ausnahmsgesetze, Erlässe, Verordnungen und Paragraphe
Alles, was *schon* oder *noch* im Lande halbwegs ein Mann war,
Teils zum Dienst mit der Waffe und teils zur Musterung aufbot.
Und noch am nämlichen Tag erhielt auch Herr Fleps telegraphisch
Streng-gemeßnen Befehl, sich sofort an die Front zu begeben.

Blitzschlag aus heiterstem Himmel! O Übelbach, Dörfchen im Glück du,
Jetzt ergeht es an alle! Sogar auf Pschunder, den Gastwirt,
Paßt das fatale Edikt und *um* so mehr auf den Wirtssohn!
Hiebaum, Oremus und Zaunschirm und Johann Baptist Populorum –
Fürbaß nicht zu vergessen, der lendengewaltige Selcher! –,
Frischenschlager, der Bäcker, und Crisper, der Bote, sie alle
Sind doch noch reisige Männer und werden am dritten November
Stehen in ihrer Blöße, wie Gott sie erschaffen, vor einer
Musterungskommission und werden mehr oder minder
Tauglich befunden werden. Allein, bis *da*hin, o Muse,
Ist noch ein weiter Weg! Zunächst und empfindlichst betroffen

War ja nur die Gendarmin, die auf die Hälfte der Wollust
Plötzlich so grausam gesetzt war!
Doch schien nicht auch Kirbisch gefährdet?
Belial lechzte bereits nach dem Blute von Knaben, die kaum der
Schule und Lehre entwachsen! An alternde Männer erging der
Blutruf des Gottesgerichtes, an Greise, die *nie* eine Waffe,
Da sie noch rüstig, getragen! Und jener trat doch auch *jetzt* schon
Waffenklirrend einher! Da wird man doch lieber, bevor man
Kinder zur Schlachtbank treibt und Greisen ein früheres Grab gräbt,
Nach dem Gegürteten greifen, der ohnehin schon auf den Kampf brennt!

Muse, beruhige dich und laß uns dem Rade des Schicksals
Nicht in die Speichen greifen! Wir wünschen *keinem,* nicht einmal
Kirbisch, die furchtbare Probe auf Leben und Sterben und fragen
Lieber, wie es ihm geht, seit jenem Abend, an dem er
Von dem verbotenen Baume die Früchte gegessen und *so* der
Vater von allem geworden, was Übelbachs Aufschwung und Glück heißt.

Herrlich erging's dem Gendarmen! Die Doppelrolle als Hahnrei
Und als das Aug' des Gesetzes, sie lag ihm prächtig. In beiden
Fällen bedurfte es *nur* einer kleinen neckischen Blindheit,
Um der zufriedenste Mann im Dorfe zu sein und zu Hause.
Freilich war damals die Zeit, in der die Saat seiner eignen
Sünden in Säften strotzte, und für ein *Dutzend* Gendarmen
Hätt' es zu schaffen gegeben! Allein, was kümmerte dieses
Kirbisch? Ihm lag ja noch immer die Zeit in den Knochen, in der er –
Heute lachte er drüber! – aus Angst vor der Front seine Pflicht tat!
Damals haßte ihn jeder. Durch Gassen vernichtender Blicke
Mußte er Ruten laufen, so oft er öffentlich auftrat,
Und man lehrte ihn fühlen, wie wenig im Grund ein Gendarm ist,
Wenn er die Dummheit begeht und wider die Mächtigen aufmuckt.
Ach, wie war es dagegen bequem und bekömmlich, von allen
Gelten gelassen zu werden, indem man keinem im Weg stand!
Wohliger schließt sich das Auge, und wär' es auch das des Gesetzes,

Unter der Sonne der Volksgunst; sogar die Hände der Themis,
(Diesfalls Gendarmenhände!) sie ruhen viel lieber im Schoße,
Als mit dem Schwert und der Waage dem guten Bruder in Christo
Stets vor der Nase zu fuchteln um der Gerechtigkeit willen.
Nein, dies war kein Geschäft für *ihn* mehr. Mochten sich andre,
Wenn es sie jückte, verfeinden! Er selber hatte den Ehrgeiz,
Sich durch Exzesse der Pflicht von der drohenden Front zu befreien,
Längst schon als Wahnsinn erkannt und ein besseres Mittel gefunden,
Ihr aus dem Wege zu gehen. Verrat' ich dir, *welches,* o Muse?

Jetzo sind wir, o Göttin, zum Gipfelpunkt der Komödie
Wohlbehalten gelangt, denn um die Pointe, die jetzt folgt,
Dreht sich der ganze Spaß, ein Spaß zum Lachen und Weinen.
Und so sing' ich dir denn – die Speisekammer des Hahnreis!

Ziegelgewölbt war der Raum, in den man, zuerst eine Falltür,
Dann einen Treppenschacht in gebücktester Haltung passierend,
Nur durch ein heimliches Loch auf allen vieren hineinschloff.
Fenster hatte er keine, nur Luken nahe der Decke,
Welche die Lüftung besorgten, doch keinem irdischen Lichtstrahl
Spärlichsten Eindrang gewährten, geschweige denn menschlichen Blicken.
Zünde ein Streichholz an oder gar eine Kerze, o Muse!
Siehe, schon flackert der Schein und huscht an den Wänden, die Schatten
Flattern wie Fledermäuse zickzack durchs Gewölbe und scheuchen
Seltsame Dinge auf. Wie Stalagmiten von unten
Türmen Gebilde sich auf. Wie Stalaktiten von oben
Wachsen andre herab, doch nicht aus Tropfstein! Denn jene
Untern sind Säcke voll Mehl, voll Hülsenfrucht und Kartoffeln,
Sind die Gebinde des Weines, die Zuber voll Rahm und die Fässer
Duftenden Schweineschmalzes. Die Stalaktiten hingegen
Sind die durchwürfelten Würste, die pechschwarz geräucherten Schinken,
Sind die paprikaroten und bräunlichen Seiten des Selchspecks,
Die in idyllischer Eintracht mit Hasen, Kapaunen und Enten –
Lauter Beschwichtigungsgaben der Pschunders in Dorf und Umgebung! –

„... Und so sing' ich dir denn – die Speisekammer des Hahnreis! ...“

Hoch vom Gewölbe herab an allerhand Drähten und Schnüren
Nahrhaft-phantastisch hingen in diesem Sesam des Fressens!

Konnte ein einziger Mensch (denn die Frau des Gendarmen bezähmte
Wegen der Taillenschlankheit die allzu begierige Eßlust!),
Konnte ein einziger Mensch dies alles vertilgen? Ach, spielend
Brachte es Kirbisch zuwege. In jeder der freien Minuten,
Deren sein dienstlicher Tag so verschwenderisch reich war, verschwand er
Unter die Erde hinab, wie Fuchs oder Dachs in den Bau schlieft,
Schritt mit der Blendlaterne den Raum ab, beroch im Vorbeigehn
Da einen baumelnden Schinken und dort einen Käse, befühlte
Jener Poularde den Steiß und diesem Häschen die Löffel,
Richtete stramm-militärisch die Reihen des leckern Getiers aus,
Und mit dem Taschenfeitel, der besten Klinge des Hauses,
Welche zu jeglichem herhielt, was Spitze und Schärfe erheischte –
vom Operieren der Zehen bis aufwärts zum Stochern der Zähne! –,
Schnitt er sich, höchst entzückt über *diese* Art von Kontrollgang,
Hier von der Wurst ein Scheibchen und dort vom Specke und Brote
Tüchtige Happen ab und schmierte sich Butter und Schmalz auf.
Und nach jedem der Bissen nahm er zur bessern Verdauung
Schnapses, Weins oder Biers, sogleich aus der Flasche, sein Schlückchen!

Heia, da wuchs ihm der Bauch, die Backen schwollen, die Augen
Staken in Wülsten von Talg wie die Kirschen im Kuchen, der Schnurrbart
Sträubte sich frecher denn je von den Winkeln des fleischigen Munds auf,
Und selbst die niedrige Stirne, der prall-apoplektische Nacken
Machten Harmonikafalten, so oft sich der Schädel bewegte.
Und der Triumph der Triumphe: es hatte der Kerl sich ein Fettherz,
Hatte sich Atembeschwerden und andre Gebreste der Schwere
Angepraßt und -gefaulenzt, und *kein* Militärarzt auf Erden
Hätte den schwammigen Wanst zum Frontdienst geeignet befunden!

Ende! Ich wäre zu Ende, unsterblich-jungfräuliche Muse,
Nun mit der bloßen Geschichte von Schande und Glück des Gendarmen.

Aber zur Glückesvollendung des Lumpenpackes gehört auch,
Daß es dem edleren Sinn, dem Gerechten und Gütigen schlecht geht!
Wollust wäre nicht Wollust, und schal nur schmeckte Gemeinheit,
Würzten die Qualen sie nicht, die ihre Opfer erleiden!
Und weil dieses so wahr ist wie irgend etwas, das sonst gilt,
Bin ich mit meiner Geschichte von Schande und Glück des Gendarmen
Und von dem größeren Glück des symbolischen Dörfchens am Volland
Nicht zu Ende, o Muse, und bitte dich: Schenk mir Gehör noch!

Dritte Episode:

Das Glück

Zehnter Gesang

Ἐὰν ταῖς γλώσσαις τῶν ἀνθρώπων λαλῶ καὶ τῶν ἀγγέλων, ἀγάπην δὲ μὴ ἔχω, γέγονα χαλκὸς ἠχῶν ἢ κύμβαλον ἀλαλάζον.

Wenn ich mit Menschen- und mit Engelszungen redete, und hätte der Liebe nicht, so wäre ich ein tönendes Erz oder eine klingende Schelle.

An die Korinther, I. Cap. 13.

20. *Καὶ οἱ λοιποὶ τῶν ἀνθρώπων, οἳ οὐκ ἀπεκτάνθησαν ἐν ταῖς πληγαῖς ταύταις οὐδὲ μετενόησαν ἐκ τῶν ἔργων τῶν χειρῶν αὐτῶν, ἵνα μὴ προσκυνήσουσι τὰ δαιμόνια καὶ τὰ εἴδωλα τὰ χρυσᾶ καὶ τὰ ἀργυρᾶ καὶ τὰ χαλκᾶ καὶ τὰ λίθινα καὶ τὰ ξύλινα, ἃ οὔτε βλέπειν δύνανται οὔτε ἀκούειν οὔτε περιπατεῖν,*
21. *καὶ οὐ μετενόησαν ἐκ τῶν φόνων αὐτῶν οὔτε ἐκ τῶν φαρμακειῶν αὐτῶν οὔτε ἐκ τῆς πορνείας αὐτῶν οὔτε ἐκ τῶν κλεμμάτων αὐτῶν.*

20. Und blieben noch Leute, die nicht getötet wurden von diesen Plagen, noch Buße thäten für die Werke ihrer Hände, daß sie nicht anbeten die Teufel und gülderne, silberne, eherne, steinerne, und hölzerne Götzen, welche weder sehen, noch hören, noch wandeln können,
21. Die auch nicht Buße thäten für ihre Morde, Zauberey, Hurerey und Dieberey.

Offenbarung Johannis, Cap. 9.

In der gewölbten Kanzlei des altertümlichen Pfarrhofs
Saß der Pfarrer am Schreibtisch, das Evangelium Lucas
Aufgeschlagen vor sich, und bedachte die morgige Predigt.
Mitte des Reifmonds war's und die Nacht vor Theresienkirtag,
Der seit Menschengedenken im Dorf am gewaltigen Volland
Mit dem Feste der Ernte und mit dem herbstlichen Viehmarkt
Fröhlich zusammenfiel, und also, trotz Krieges und mancher
Schlimmer Gerüchte im Land und besonders in Städten, auch heuer.

Sommerlich lau war die Nacht, ein widernatürlicher Glutwind
Brauste vom Süden herauf. Die herbstlaubraschelnden Bäume
Rings um Pfarrhof und Kirche entwirbelten Blätter und dürre
Zweige zur trockenen Erde, die Turmuhrschläge verwehten
Matt im Gepfeif und Gestöhn, und von den umgebenden Bergen
Hielten dawider den Baß die dröhnend orgelnden Wälder.
Föhnwind inmitten Oktobers! Ansonsten heißt es: „St. Gallen
Lässet den Schnee schon fallen", doch heuer trieben die Büsche
Neuerlich Blätter und Knospen, die frühesten Falter des Frühlings
Wagten schon wieder den Flug, und Veilchen blühten und Primeln.

Ruhig, trotz offenen Fensters und all des entfesselten Aufruhrs,
Ruhig beglänzte der Docht des kleinen Petroleumlämpchens
Auf dem Tische des Pfarrers die Heilige Schrift und die vielen
Flimmernd bekritzelten Blättchen, aus deren Notizen die Predigt
Werden sollte für morgen. Geschäftig und wirr durcheinander
Tickten die vielen Uhren, die rings an den sauber getünchten
Wänden des Raumes hingen und allenthalben auf Simsen,

Tischen und Kasten lagen. Sie waren beim Pfarrer „in Kost“; denn
Wo auch immer im Sprengel ein Uhrwerk stand oder fehlging,
Brachten's die Eigner herbei, und der Priester kurierte so lang an
Seinem metallenen Herzchen, bis daß es von neuem die Zeit schlug.
Aber die *Menschenherzen,* die widerspenstigen andern?!
Ließen auch *sie* sich zerlegen und dann von behutsamen Händen
Wieder zusammensetzen und liebreich richten nach Gottes
Gnädig bemessener Stunde? – Das hagere Antlitz des Hirten
War in den Wochen des Sommers geprägter und bleicher geworden.
Tiefere Schatten bedunkelten ihm die Schläfen und Wangen,
Und ein zerflatterndes Feuer entsprühte den fiebrigen Augen.
War es die schleichende Krankheit, die ihm die Seele verzehrte?
Oder war es die Seele, die heimlich versehrend am Fleisch fraß?
Eines nur brannte ihn klar: sie hatten ihn *alle* verlassen,
All, die einst seine Kinder, und taten an ihm, wie die Juden
Einst es mit Moses getan, dieweil er bei Gott auf dem Berg war:
Leerer von Sonntag zu Sonntag, seit Mammon ihr Götze geworden,
Ward es in Predigt und Messe. Der Opferstock für die Armen
Darbte des frommen Tributs. Nur *greise* Männer und Frauen
Sangen die Texte noch mit. Doch die *jungen* Stimmen, die klaren,
So ihm die eigene Seele der Knechtschaft des Staubes enthoben,
Engelsfittichen gleich, dem Wunder der Wandlung entgegen,
Sie, ach, waren verstummt. Warum denn klangen sie nicht mehr?
Wußten sie nicht, wie er litt, von ihnen verlassen, und wie er
Linkisch war ohne sie in Gottes erschütternder Nähe?

„Aber morgen, ja morgen!“ und jäh zwei finstere Falten
Furchten dem Pfarrer die Stirn. „Ja, morgen, da *werden* sie kommen!
Früh schon, in lärmenden Scharen, und *nicht* zum Dank für die Ernte,
Sondern weil Kirtag und Jahrmarkt und heidnische Kurzweil und Lust lockt!
Makler und Wechsler an Tischen wie einst im Vorhof des Tempels!
Händler und Possenreißer am Tage des Herrn und der Kirchweih!
Und am Abend der Tanz! Und alle Zügel der Sitte
Schleifen sie dann durch den Kot! Und täten doch besser, in Sack und

Asche einherzugehen und Gott um Vergebung zu bitten
Ihrer Sünden und Greuel!“ – Die Röte heiligen Zornes
Jäh überflammte den Priester. Allein, ein entsagungsgestählter
Ungeheuerer Wille beugte die lodernde Stirne
Eisern in Demut nieder und preßte sie hart auf die kühlen
Seiten des Testaments, und lautlos schrie seine Seele:
„Herr, die Vergeltung ist dein! Bewahre mein Herz vor der Hoffart,
Meine Brüder zu richten! Sie wissen ja nicht, was sie tun. Oh,
Laß sie nur heimwärtsfinden! Und ich, ich will sie nicht fragen
Nach dem Warum und Wozu! Es fragt ja auch nicht der Hirte,
Wenn sich ein Lämmlein verlaufen und wenn das Verirrte zurückfand,
Ob es am Ende nur Hunger gewesen, der es zurücktrieb.
Sondern er streichelt und füttert's und hegt es und pflegt es und freut sich,
Daß es sich zärtlicher nun, das verlorengeglaubte, an ihn schmiegt ...“

Langsam erhob der Pfarrer die Stirne, die wiederverblaßte,
Gütigen Leuchtens verklärt, von den kühlen und tränenbenetzten
Seiten des Testaments, und *anders* nun sprach seine Seele:
„Morgen, ja morgen!“ zu sich; denn morgen, ja morgen, da will er
Noch ein letztes Mal die Seinen versammeln. Und wenn dann
Alle Glocken verklungen und nur in den Wolken des Weihrauchs
Selige Lichtlein verschwimmen am Hochaltare, dann will er
Zu den Verstockten reden, daß ihre in Weltlust verdorrten
Herzen von neuem erblühen, und mit den Worten der Liebe
Wird er die Reuigen laden zum Tische des Heilands und ihnen
Gottes Zeichen erklären, die allenthalben geschahen.
„Ja, mit den Worten der *Liebe*! Denn also steht es geschrieben
In dem Apostelbriefe, dem ersten an die Korinther:
Spräch' ich der Menschen Sprachen und hätte die Zungen der Engel,
Aber die Liebe nicht, so wär' ich ein tönendes Erz und
Nur eine klingende Schelle.“ – Da griff der Pfarrer zur Feder,
Tauchte gesammelt ein und, endlich selig entlastet,
Schrieb er erschauernder Hand und groß in die Mitte des Bogens
Über den Anfang der Predigt die Worte: „Geliebte im Heiland!“

Hier doch hielt er schon inne. Das ihn noch eben erfüllte,
Innig-beredtes Gedränge von liebebegeisterten Worten,
War jetzt Leere und Eis. Sein Fühlen, sein Denken verloschen!
Wohl, „Ihr Geliebten im Heiland!" und nicht wie gewöhnlich des Sonntags,
Leblos zur Formel erstarrt: „Meine Brüder und Schwestern in Christo!"
Dieser Anfang war gut, war neu und bedeutsam. Da mochte
Diesmal ein *jeder* sogleich bei den ersten Worten erkennen,
Daß er als *freundlicher* Hirte mit Labsal und Trost kam und nicht als
Eiferer wider die Zeit und nicht mit dem Schwert der Verdammnis.
Aber nun weiter im Texte! Da lagen doch, flimmernd beschrieben,
Zettel in Fülle vor ihm: Exzerpte, Notamina, Perlen
Göttlicher Offenbarung und mild-apostolischer Weisheit!
Aber es fehlte der Faden, die Perlen zur Kette zu reihen,
Fehlte *mehr* als der Stil und die schlichte Rhetorik, mit der er
Sonst zu der Einfalt sprach, der gläubig-gewillten, es fehlte ...
„Hilf mir, allgütiger Gott!" entrang sich dem Priester, und mit der
Kraft seiner Seele hielt er den Zweifel im Zaume, doch dieser
Zerrte sich los und schrie: „Eine Schelle, ein tönendes Erz du!" –
Er, der soeben noch bebte im brausenden Sturmwind der Liebe?!
Er, dem noch eben entblühte die göttliche Blume Verzeihen?!
Nein, dies *konnte* nicht sein! So grausam hatte der Herr ihn
Nicht gestraft und verworfen, der Vater, der freilich der Menschen
Herzen und Nieren prüft. Da stand ja: Geliebte im Heiland!
Stand und war doch nicht Lüge! Doch da – o Blendwerk der Hölle! –,
Die er soeben geschrieben, die kaum noch getrockneten Lettern,
Schwarz auf dem weißen Papiere, das grell und heischend vor ihm lag,
Huben zu flirren an. Ein zuchtlos Geranke von Schnörkeln
Trieben sie wuchernd aus sich! Oder waren es Schwänze und Hörner,
Zungen, satanisch gereckte, die höhnten: Geliebte im Heiland?!
Wer denn? Jene vielleicht, die deine Liebe verwarfen,
Wie man ein glitzerndes Ding, aus dem Kehricht der Straße gelesen,
Wieder zurück in den Kot tritt, nachdem sein Unwert erkannt ist?
Wer denn? Jene vielleicht, die wucherten, praßten und hurten,
Tanzten ums goldene Kalb, das Kind aus der Mutter vertrieben,

Daß es im Ausguß verkam, und ihre *lebendigen* Kinder
Schnöd' um Profite verrieten wie Judas Jesum den Söldnern?!

„Apage!" stöhnte der Pfarrer; der eisige, fiebernde Angstschweiß
Trat auf die Stirne des Dulders, und wie ein Ertrinkender griff er
Nach dem Buche der Bücher, das aufgeschlagen vor ihm lag.
Evangelium Lucas, das einundzwanzigste Hauptstück,
Fünfundzwanzigster Vers: „Es werden Zeichen an Sonne,
Mond und Sternen geschehen, und bange bis zur Verzweiflung
Wird es den Völkern werden. Hinschmachten werden die Menschen
In der Furcht und Erwartung der Dinge, welche da kommen
Werden. Sogar die Sterne ..." Da schlug der Pfarrer das Buch zu:
Grauen, oh, überall Grauen, wo immer er hinsah! Der Finger
Gottes drohend gereckt, und selbst aus dem Munde des Heilands
Donner des Jüngsten Gerichtes! Und *er*, er säumte noch immer?
Säumte und fühlte die Erde schon beben unter den Füßen!
Sah den Himmel geöffnet und Gottes reisige Scharen
Aufzubrechen gerüstet zur Schädelstätte der Menschheit!
Was gegen dieses war es, daß ihn die Seinen verlassen?
Jetzt, oh, verließ er ja *sie*! Er *sie*, der Hirte die Herde!
„Herr, meine Zunge ist schwer!" aufschrie seine Seele. „Sie werden
Deinem Knechte nicht glauben! So gib auch *mir* du ein Zeichen,
Wie du dem Moses es gabst, zu dem du aus loderndem Busch sprachst!
Und er machte sich auf und gehorchte und ging zu dem Volke.
Ja, er ging zu dem Volke! So gib du ein Zeichen auch *mir*, Herr!"

Draußen raste der Südsturm, die wipfeldurchschütterten Bäume
Brausten empört wie das Meer, wenn der Gott mit dem Dreizack es aufwühlt,
Und auf dem Dache des Pfarrhofs der blecherne Aufsatz des Schornsteins
Heulte grausig darein wie das Brüllen verwundeter Tiere.
Doch den Tumult der Natur und den Aufschrei der geistlichen Seele
Übertönte gewaltig wie Tuben des Jüngsten Gerichtes
Gottes entsetzliches Schweigen! – Da schlugen die Mitternachtsstunde
Alle beinahe zugleich, die Uhren im Raume, und brachen

So die vernichtende Stille und, in der Not seines Herzens
Töricht und kindisch geworden, aufhorchte der Pfarrer, als wäre
Dies das erflehte Zeichen. Und siehe, die Uhren, die treuen,
Redeten *wirklich* zu ihm mit vertrauten Stimmen. Die eine
Rasselte lange und tief, bevor sie anhub, bedächtig
Auszuschlagen die Zwölf. Sie war im Chorus der Baß; die
Anderen, kleineren setzten mit kürzerem Schnurren zum Schlag an,
Klangen mit helleren Stimmen und trieben es heiter, doch *eine,*
Widerspenstig wie immer und voller Aufruhr und Bosheit,
Folgte erst lange nachher mit heiserem, höhnischem Kuckuck!
Kuckuck, Kuckuck und Kuckuck! Nicht enden wollend! Wie schrille
Stiche ins wunde Gehör, ein gellendes Höllengelächter:
„*Die* regulieren Sie nicht, Hochwürden! Die äfft und verlacht Sie
So wie Ihre Gemeinde, für die Sie ein Träumer und Narr sind!
Ja, ein Narr und ein Träumer, der kindisch ins Uhrwerk der Zeiten
Tappen möchte mit Fingern, nicht wissend, wieviel es geschlagen!
Aber der Zeiger der Welt weist *anders* die Stunde, als Sie, Herr
Pfarrer, es haben möchten! Mit Litanei und Epistel
Locken Sie keinen Hund mehr hinter dem Ofen hervor, und
Mit dem gebräuchlichen Speck der ewigen Seligkeit fängt man
Heute die Mäuse nicht mehr! *Die* wollen lieber im Diesseits
Leben und leben lassen, juchhei! Oder soll man am Ende
Fortschritt und Aufschwung behindern, Gewinne verschleudern und, während
Überall sonst in der Welt gewuchert, geschraubt und gerafft wird,
Reue und Leid erwecken und Rosenkranz beten? Warum denn?
Wegen des Krieges vielleicht? Sie haben doch selber gepredigt:
Dulce pro patria mori! Nun also, da *sterben* sie eben,
Jene *andern*, den Tod auf den Feldern der Ehre als Helden!
Sterben auf *unsere* Kosten, nachdem sie das Pulver verschossen,
Welches der Bürger bezahlt mit Opfern an Arbeit und Wohlstand!
Also nichts mehr geplappert von Schuld an die Toten! Die Rechnung
Haben Sie *ohne* den Wirt gemacht, Hochwürden, die stimmt nicht!
Jene und wir sind quitt, und Geschäft ist Geschäft, allelujah!“

„Welch eine Stimme war dies?!“ aufschrie die gefolterte Seele,
Aber der Schrei blieb stumm und, gehetzt, geknebelt, von Sinnen,
Stürzte der Pfarrer zum Fenster und keuchte nach Atem. Da riß am
Finsteren Rande des Himmels vom wütenden Zerren des Sturmwinds
Plötzlich die Schwärze entzwei, und inmitten des klaffenden Spaltes
Stieg aus den wogenden Sümpfen der faulig beleuchteten Nebel
Rund ein Entsetzliches auf, eine Brunst von der schmutzigen Röte
Fieberkranken Urins, eine Scheibe, ein Ball, eine Blase!
Und die Blase erhob sich und ward ein blutüberströmtes,
Furchtbar geschändetes Haupt, das geschlossener Augen im Raum hing.
Aber schon schlug es sie auf und blinzte verstohlen, und plötzlich
War es ein Vollmondgesicht, einem Molch, einer Quappe entwendet!
Nicht doch, ein Schelmengesicht war's, verschlagen, versoffen, verdorben!
Grinsend mit goldenem Einzahn: Zu speisen gefällig? – Da wischte
Jäh eine finstere Hand die letzten erinnernden Reste
Menschlicher Züge hinweg, und riesig über der Erde,
Prall zum Zerplatzen gespannt und ekelerregend genabelt,
Hing aus den Wolken ein Bauch! Und siehe, da wuchsen dem Bauche
Plötzlich ein Sack und ein Schlauch, und der Schlauch, er glich einem Rüssel,
Der sich verkrümmte und wand und, wühlend im Blutsumpf der Menschheit,
Gold in den Ranzen schlürfte! Da schwoll auch *der*, und auf einmal
Schnellte der Rüssel empor und würgte und zuckte und spie das
Gierig geschlürfte, das Gold als Eiter über die Erde.
Heia, da *wurde* Geschmeiß in rasendem Wachstum aus allen
Schrunden und Furchen des Grunds! Haheia, da schrie es wie Brandung
Wider die Höhen empor! Haheia, da schnob es in Rudeln
Keuchenden Atems heran, schwang Steine in Fäusten und plötzlich –
Während die Lüfte erstarrten in regungslosem Entsetzen –
Glommen Gesichter auf mit fahlem phosphorischem Leuchten,
Drängten sich wütend heran, und aus den drohend geschwungnen
Fäusten entlud sich zum Heulen verzerrter Mäuler der Hagel.

Weitausgebreiteter Arme und leuchtend von heiligem Kampftrotz
Harrte der Pfarrer des Anpralls. Da traf es ihn scharf an die Stirne,

Und er brach in die Knie. Doch *über*menschlichen Willens
Riß er sich taumelnd empor, erreichte den Schreibtisch und sank dort
Schwer in den ärmlichen Stuhl und weh, seine blutende Seele
Schrie: „O Jerusalem, die du steinigest deine Propheten
Und die Gesandten des Herrn ermordest, wie oft hab' ich deine
Kinder versammeln wollen, wie ihre Küchlein die Henne
Unter die Flügel nimmt, die schützenden, *du* aber hast mich,
Hast mich niemals gehört!" Da zuckte draußen am finstern
Sturmwindzerklüfteten Himmel der erste Blitz auf, und fernher
Rollte der Donner heran, die Erde erschütternd, und wieder
Schrie aus den Tiefen des Leids die wunde geistliche Seele:
„Wahrlich, ich sage euch, die Zeit ist erfüllet, die Schergen
Gottes brechen schon auf zum Gerichte! Der Mond und die Sterne
Stehn als Geschwüre am Himmel, und Zähneknirschen und Heulen
Ist in die Welt gekommen gewaltig! Und dennoch ist all dies
Nur der *Beginn* des Gerichtes! Wenn erst vom Schwerte die Besten
Werden gefallen sein, und wenn, was heute noch Ehre,
Glauben und Mut hat, dahin ist, dann werden Hyänen und Geier
Über die Menschheit kommen, und schlimmer als an den Toten
Wird sich's an denen vollziehen, die übriggeblieben! Es werden
Ihnen die Seelen verwesen lebendigen Leibes wie jenen
Nur ihr *vergängliches* Teil! Vergeblich werden sie rufen:
‚Herr, was haben denn *wir*, was haben *wir* denn verschuldet,
Daß du uns *also* triffst?! Wir haben doch *selbst* nicht getötet,
Haben nicht Öl in das Feuer vernichtenden Hasses gegossen,
Haben uns nichts erwuchert an Wunden und Tränen!' Und Gottes
Stimme wird Antwort dröhnen: ‚In *eueren* steinernen Herzen
Wurde das Erz gebrochen, aus welchem die Waffen gefertigt
Wurden wider den Bruder! An *eueren* stählernen Blicken
Wurden die Klingen geschärft, und mit dem Geifer der Lügen,
So ihr geglaubt und geduldet, habt *ihr* die Waffen vergiftet!
Darum werdet auch ihr nun anheimgegeben dem Fraße,
Und es hilft nichts, zu rechten wider Hyänen und Geier!
Denn am *gesunden* und *reinen* Fleische nicht halten sie Mahlzeit,
Sondern sie mästen sich dort nur, wo Fäulnis, Verwesung und Aas ist!'"

Schlotternd in sich verkrümmt, von Antlitz verfärbt wie ein Toter,
Hielt sich der Pfarrer am Tisch noch, indes seine wächserne Rechte
Krampfhaft die Feder umfaßte und mit der *un*eingetauchten
Zeile um Zeile ins Blatt riß, und mächtig stürmten von seiner
Endlich gelösten Zunge die lodernden Worte der Predigt:

„Schlangen und Natternbrut, ihr Heuchler und Pharisäer,
Was, was habt ihr gemacht mit Gottes blühendem Garten?
Was aus den Kräften der Erde, so euch die Gnade vertraut hat?
Liebe ist die Natur den Liebenden! Selige Schönheit
Gönnt sie dem Atem und Blick! Die Mühsal des Daseins erleichternd,
Hütet sie Schätze des Glücks, Geheimnis, sich gütig entschleiernd!
Meere frachteten einst, mit Gütern die Menschheit versorgend,
Flüsse strömten durch Täler, in goldene Ebenen mündend,
Lüfte verschenkten sich freundlich an Lande, an Städte und Dörfer!
Jetzo dienen die Meere dem Hungergemetzel an Kindern!
Jetzo treiben die Flüsse statt Flößen, mit Früchten beladen,
Blutige Leichen zu Tal, und selbst aus der seligen Bläue
Himmels, der *allen* Menschen gemeinsamen Heimat der Träume,
Donnert der tückische Tod auf wehrlos Schlummernde nieder!
‚Wahrlich, ich sage euch', so redet der Heiland, ‚es werden
Alle Sünden vergeben von meinem Vater im Himmel,
Nur eine einzige ist, und diese wird *nimmer* verziehn: die
Sünde wider den Geist!' Und wahrlich, sage auch *ich* euch,
Diese habt ihr begangen! Denn Gottes Geist ist die Liebe,
Ihr aber habet den Geist und im Geiste die Liebe ermordet!
Wundert es euch, ihr Verruchten, wenn *ohne* die Liebe die Welt zur
Stätte der Greuel geworden und wenn sich die Kräfte der Erde,
Euch durch die Gnade entdeckt, nun wider euch selber empören?!
Wehe, ich sehe den Tag, da werden *nicht* nur die Söldner
Schwerter führen, da wird der Bürger sich wider den Bürger
Waffnen zu Anfall und Mord! Von Lügenaposteln der Freiheit
Trunken des Hasses gemacht, wird sich der Auswurf erheben
Wider Natur und Gott! Dann stürzt, was Jahrhunderte weihten,

Nieder in Flammen und Schmutz! Blut trinken werden die Söhne
Aus den Schädeln der Väter! Die Würde der hohen Begriffe
Wird zum Barbarengelächter, und was an Gesittung die Menschheit
Mühsam genug sich errang, von den edelsten Geistern gewiesen,
Gilt dann als Laster vor denen, die viele und dumpf und gemein sind!
Und wenn sich *dieses* erfüllt hat, wenn Treue und Glauben dahin sind
Unter den Menschen auf Erden, wenn *alle* Maße verwirrt sind,
Unwert zum Werte verfälscht ist und Recht zum Unrecht zerlogen,
Wehe, dann wird sich die *Vielzahl,* die namenlose, die dumpfe,
Frech der *All-Einheit* vermessen, die Finsternis aus den Gehirnen
Wird der Leviathan sein, der das Licht der Welten verschluckt, und
Jäh aus dem Taumel der Macht, die die *irdischen* Throne gestürzt hat,
Reckt sich die Babel empor, so die rohe Masse zum Gott macht!
Wehe, dann stehet in Saft aus *eueren* Herzen die Blutsaat,
Ihr, die ihr wuchert und hurt, indessen an euren Besten
Gott schon die Schneide prüft, mit der er auch *euch* einst zerschmettert!
Wehe, dann ist die Zeit des Antichristos gekommen!“

Schaudernd rief's in die Welt die verblutende Seele. Dann ward es
Dunkler und dunkler um sie, und nur wie im Traume noch sprach sie:
„Was, was wird dann mit euch, ihr einst meine Kinder, geschehen?
Ohne den Hirten mit euch? Denn ich, ich werde dann nicht mehr
Unter euch Atmenden sein. Und würd' ich's, was könnt' ich zu euch noch
Sagen, daß *ihr* es verstündet? Mein Herz hat die Sprache verloren.
Bin nur ein tönendes Erz mehr und nur eine klingende Schelle!
Denn ihr habt ja auch mir, auch mir die Liebe ermordet!“

Draußen tobten noch immer die Wetter wie eine Feldschlacht
Zwischen Dämonen der Nacht. Die Blitze als feurige Kugeln
Sausten zur Erde herab und zündeten. Lodernde Säulen
Schossen von Hügeln empor und zersanken wieder, nachdem das
Werk der Vernichtung vollbracht war, ins Dunkel. Dann wurde es langsam
Ruhiger in der Natur. Die stürmenden Heere der Wolken
Lichteten sich allmählich, die Donner verrollten, und als ein

Bote des Friedens ritt der Mond in der Rüstung aus Silber
Über die Walstatt dahin, den Kämpfenden Einhalt gebietend.
Göttlich strahlte sein Antlitz, das Dunkel verblaßte, die kleinen
Sterne traten zurück in die Schleier der kosmischen Ferne,
Aber die großen Gestirne, sie blieben und hielten geharnischt
Wache über der Welt, daß Frieden im ewigen Raum sei.

Da, in die dämmernde Frühe, erklangen zum ersten Gebete
Mahnend die fröstelnden Glocken; und als das Geläute vorüber,
Schwankte ein flackernd Laternlein im Zickzack querüber den Kirchplatz.
Seinen hochwürdigen Herrn zu wecken, begab sich der Mesner
In das Pfarrhaus hinüber. Allein, sein behutsames Klopfen
An der Tür der Kanzlei blieb ohne Antwort. Der Pfarrer
Lag mit dem Kopf überm Tisch in wildem Fieber. Die Lampe
Flackte heruntergebrannt, doch viele beschriebene Zettel
Waren verstreut auf dem Boden und unter ihnen ein Bogen,
Der nichts andres enthielt als die Worte: „Geliebte im Heiland!“

„ … Der Pfarrer lag mit dem Kopf überm Tisch in wildem Fieber … “

Elfter Gesang

Nunc est bibendum, nunc peda libero
Pulsanda tellus ...!
Jetzt gilt es zu trinken, jetzt mit befreitem Fuß
Zu stampfen die Erde ...!

Horaz.

Nochmals, ein *letztes* Mal noch, o Muse, stimme die Leier
Auf den bacchantischen Ton, bevor wir Abschied zu nehmen
Haben vom glücklichen Dorfe am Hang des gewaltigen Volland!
Abschied, ja Abschied, o Muse! Denn siehe, der Herbst ist gekommen,
Und ihm folgt im Gebirge mit rascherem Fuße der Winter.
Fröste verhängt dann der Gott, der grimmige Unfreund der Farben,
Schüttelt den Goldtand herab und vergilbt die noch grünenden Wiesen,
Bis er in Weiß und Schwarz und in viele Schatten dazwischen
Alles Bunte entfärbt und die letzte Wärme verkühlt hat.
Lautlos löst sich der Schnee dann aus ewigem Nebelgewölke,
Sinkt auf die Felder herab und verschüttet die Straßen und Wege.
Selten verirrt sich ein Fremder sodann ins entfernte Gebirge,
Handel und Wandel ruhn im verkleinerten Umkreis des Alltags,
Und die Arbeit der Menschen, verbannt aus der Weite der Felder,
Flüchtet ihr leichteres Tun in den schläfernden Lichtkreis der Lampe.
Heute noch aber ist Herbst! Die gesammelte Nachlust des Sommers
Lodert noch einmal empor, die himmlisch-unendlichen Räume
Wölben sich über die Welt, und die Wälder in wehendem Scharlach
Brausen ihr „Evoë Bakche!“ – und „Evoë Bakche!“ erwidern
Weiße Mänaden im Blau der wolkendurchtummelten Lüfte.

Evoë, evoë Bakche! So rief auch die Sonne Entzückung,
Da sie aus zögernder Nacht im Aufgang weinrot emporstieg!
Dürstend kam sie herauf und trank mit erglühenden Lippen
Silbern verdunstendes Naß der güssedurchsickerten Erde.
Und schon sprang auch der Wind an, das stößige Böcklein! Er hatte
Nach dem Gewitter der Nacht des Anpralls Richtung gewechselt,

Schnob nun von Nordnordost und jagte das blendend geballte
Letzte Gewölke hinab nach dem endlos geweiteten Süden.
Noch, noch wuchs wie das Meer die Ebene blau und gestaltlos
Wider die äußersten Rande, von Dünsten der Frühe verschwommen,
Aber schon wichen auch diese. Die immer verdünnteren Lüfte,
Klar wie geschliffenes Glas die Grenzen der Blicke erweiternd,
Rückten das Fernste heran, und von Atem- zu Atemzug näher,
Lag in der Weihe des Morgens geformt und gegliedert das Land da.

Evoë Bakche, das Land der üppig gedeihenden Früchte,
Die an den südlichen Hängen des Volland zur Süßigkeit reifen!
Hügel hoben und senkten sich drin, wie Wellen verebbend;
Gleich den gebreiteten Schatten gewaltig-ruhender Wolken
Dunkelten Nadelwälder, genau umrissen, inmitten
Stoppelvergilbenden Saatlands; an blinkenden Dörfern vorüber
Schimmerten Straßen auf, und wie ein harmloses Spielzeug
Lag in dem Schnittpunkt der Straßen an weithin gedehnten Geleisen
Funkelnd von Knaufen und Fenstern das Dächergewirr der Fabrikstadt.
Dorten ruhte die Arbeit, die fieberhafte, auch heut' nicht,
Doch der verwogene Wind, der in Fetzen den Qualm von den Schloten
Riß und zu nichts zerblies, er log ein behäbiges Bild vor.
Aber es war nicht so! Mit dem letzten Mut der Verzweiflung
Wehrte sich nur noch das Reich, der Vorrat an Kräften und Mitteln
War der Erschöpfung nah', und der Not und dem Hunger verbündet,
Wühlte bereits die Zersetzung im eigenen Lande. Und dennoch,
Herbst ist, ein *köstlicher* Herbst! Die Pressen in dämmernden Speichern
Duften nach Äpfeln und Most, und stark ist die Traube geraten.
Also stimme auch du, o Muse, die Leier noch *ein*mal
Auf den bacchantischen Ton! Denn heute ist heute! Und ob wir
Morgen noch da sind, wer weiß es? Drum: Evoë Bakche! Und wenn auch
Hellas' herrliche Sprache nicht jauchzet am Volland, so wird doch
Dort mit Juchhei und Juchhe, mit Pöllerschüssen und Fahnen
Heute wie eh und je, vom Morgen bis tief in die Nacht das
Fest der Kirchweih begangen und Jahr- und Viehmarkt gehalten!

Doch mit Bestürzung begann es! Der würdige Platz um die Kirche
Hallte schon zeitig vom Lärmen der budenerrichtenden Händler.
Pferde wieherten laut, und Hunde umbellten das Fuhrwerk,
Welches das Marktvolk gebracht. Da kamen die ersten gehumpelt,
Arme an Gütern und Geist, und wollten zum Frühamt und fanden
Kirche verschlossen und Chor und ans Tor gekreidet die Inschrift:
„Heute kein Gottesdienst infolge Erkrankung des Pfarrers.“ –
Unerhörtes Geschehen! Noch niemals seit Menschengedenken
Hatte sich solches ereignet im Dorf am gewaltigen Volland!
„Jesus, Maria und Josef!“ aufstöhnten die Weiber, die Greise
Standen vernichtet herum und blinzten ratlos ins Leere.
Aber Herr Crinis, der Glaser, der – seit er von den Gerichten
Wegen Blödsinns entlassen – Verehrung genoß bei den Frommen,
Machte ekstatische Augen und raunte: „Der Herr hat die Geißel
Selbst in die Hand genommen und trifft in dem Hirten die Herde!
Kein Sakrament des Altares wird heute gespendet und keine
Heilige Beichte gehört und der göttliche Leib nicht verabreicht!
Keuchend unter der Last der Sünden müßte die Seele,
Wenn sie der Herr heut’ riefe, vor ihrem Richter erscheinen!“
Sprach’s, der verblödete Glaser, und schwand in die wachsende Menge.
Plötzlich war das Gerücht da, es sei der Pfarrer gestorben
Und man vertusche es nur zum Vorteil des Kirtagsgeschäftes.
Wie auf Fledermausflügeln, gespenstischem Zwielicht entscheuchten,
Flatterte dieses Gerücht, nach grusliger Wirkung begierig,
Erst zu den fremden Händlern, doch diese lachten: „Was geht uns
Euer Herr Pfarrer an?“ Dann streiften die Flügel die eignen
Heimischen Leute des Dorfs. Doch auch diese hatten was andres
Heute am Kirtag im Kopf als den Pfarrer und, ob er nur krank sei
Oder am Ende gar tot. Da wurde der Flug des Gerüchtes
Lahm, und es schrumpfte zusammen und fiel inmitten der Menge
Kraftlos irgendwohin, und aberhunderte Füße
Traten darüber hinweg im steigenden Jubel des Festes.

Evoë, evoë Bakche! Jawohl, das Fest war im Gange!
Stündlich wuchs das Gedränge, und immer noch waren die Wege,
Die von den Höhen herab und tief aus den Tälern zum Dorfe
Führten, von Farben belebt des bunt anrückenden Volkes.
Aber welch *anderes* Volk als einst zu Fronleichnam! Die Weiber
Schlugen die Augen nicht mehr wie damals bäurisch zu Boden,
Sondern schritten bewußter im neuerworbenen Feststaat.
Seide gab's da und Sammet, und alles so schreiend als möglich!
Ringe schmückten die Finger und feineres Schuhwerk die Füße;
Manche gar wackere Wirtin, die weder lesen noch schreiben
Konnte, trug ein Lorgnon um den Hals an goldener Kette.
Ruhte doch Gottes Hand in Gestalt des Wuchers mit allem,
Was der verschlagene Händler mit faulem Papiergeld bezahlte,
Segnend über den Dummen, die *sich* als die Klügeren dünkten!
Doch nicht Landvolk allein, auch Stadtvolk war heut' zu Besuch da:
Arbeiter aus den Fabriken der Industriestadt mit ihren
Modisch geputzten Geliebten. Sie kamen in Autos und Wagen.
Mochten auch ihrer so manche der hiesigen Gegend entstammen,
Hatte dennoch die Stadt und die Freiheit des dortigen Lebens
Burschen und Mädchen verändert. Daheim, auf dem Feld und im Stalle,
War man der Niemand gewesen, ein kärglich gehaltener Dienstbot,
Jetzt doch verdiente man gut in den Kriegsbetrieben und schlürfte
Alle Genüsse des Lebens mit um so heißerem Durste,
Als ja die Arbeit gefährlich und stündlich benachbart dem Tod war.
Evoë Bakche darum! Der Tod, das Gold und die Wollust,
Sie sind Geschwister zumal! Drum aufgetrumpft mit Banknoten!
Liebe, Musik und Tanz! Und gutes Essen und Wein her!
Aber wie hatte sich auch das Dorf am gewaltigen Volland,
Würdig der Gäste zu sein, zu ihrem Empfange gerüstet!

Fahnen, allüberall Fahnen! Wo immer im Dach eine Luke,
Loderten Farben aus ihr. Portale aus Reisiggirlanden
Spendeten herzlichen Willkomm. Der ganze Platz um die Kirche
War in ein Lager verwandelt von luftigen Buden und Ständen.

Schaukeln belustigten hier und Ringelspiele, ein Schießstand
Lockte die Schützen heran, ein Wursteltheater, in welchem
Kasperl den Teufel erschlug, gab reichlich zu gaffen und lachen,
Doch am besuchtesten war ein mit Sternen bemaltes Gezelte,
Wo man die Zukunft erfuhr aus der Hand, aus Planeten und Karten!
Denn es waren mit Wagen, in denen sie wohnten, Zigeuner
Über die Grenze gekommen samt Weibern und Kindern und spielten
Unter der Linde beim Pfarrhof. Am Stamm des gewaltigen Baumes
Lehnte der Kontrabassist; daneben an niedrigem Klapptisch
Hockte der Zimbalschläger, und rings um den Primas im Halbkreis
Standen die Geiger, verrufne Gesellen, die seltsam nach innen
Lauschen und schauen konnten, sobald der Bogen des Primas
Ihnen den Auftakt zuwarf. Da schlangen sie ihre Figuren,
Ranken verzierenden Klangs, um die führende Stimme und waren
Mitten im Jahrmarktgetöse ein Eiland befremdenden Wohllauts.

Jetzt doch nahte die Stunde, zu der auf der lattenumzäunten
Trift gegenüber dem Amtshaus der Viehmarkt sollte beginnen!
Viele nun strömten dahin und sahen des Zucht- und des Stechviehs
Stattlichem Auftrieb zu mit sachverständigen Blicken.
Immer zweie und zweie, durchs hölzerne Stirnjoch verbunden,
Also schwankten bedächtig die Ochsen und Kühe; die Kälber
Liefen den Müttern zur Seite, indessen die dunkleren Stiere
Einzeln und abseits schritten mit blutunterlaufenen Augen.
Und das Gefeilsche begann. Eine Wolke von tierischen Dünsten
Lagerte über der Wiese. Die reichlich entfallenden Fladen
Dampften den warmen Geruch des spärlich gelüfteten Kuhstalls,
Und der Ernst der Geschäfte, er dämpfte die Stimmen der Männer.
Aber da kamen auch schon des lendengewaltigen Selchers
Keulenarmige Burschen in weißen Wämsern und zogen
Offene Karren heran mit reisiggefeuerten Kesseln
Duftend-dampfender Würste, und Pschunders gedunsener Hausknecht,
Ein Polyphemos an Wuchs und so wie dieser ein Einaug –
Denn es hatte der Mann *ein* Auge im Kriege verloren –,

Schleppte Kannen herbei und schlug auf der Wiese ein Faß an.
Wie eines Rufers im Streite gebieterisch klang seine Stimme
„Bier!“ und „Wein!“ ins Gesumme der marktenden Männer. Des Selchers
Keulenarmige Burschen, die ließen ihrer nicht spotten
Und überschrien Polyphem. Da ward’s auf dem Platze lebendig:
Rinder, geduldige Rinder, vom Lärmen der Kerle beunruhigt,
Huben zu scheuen an; die einen zerrten am Joche,
Während die anderen wieder die mächtig atmenden Flanken
Eng aneinander drängten. Den drohenden tierischen Urlaut
Stießen die Stiere hervor, und die Halter, sie hatten zu schaffen.

Mittag klang das Geläute. Da wurde das Markten beschleunigt,
Anbot und Gegengebot gelangten zu billigem Ausgleich,
Heiterer wurde der Ton, und Handschlag folgte auf Handschlag.
Dann vollzog sich der Abtrieb des übriggebliebenen Rindviehs,
Während Verkäufer und Käufer nach ältester Sitte den Kauftrunk
Nehmen gingen zu Pschunder ins Gasthaus zum Störrischen Engel.
Dorthin strömte nun auch, was *nicht* schon dort war, in hellen
Aufgeheiterten Scharen vom Jahrmarkt herunter zusammen.

Singe, o Muse, den Wirt, der heute das Beste des Besten
Seinen verehrlichen Gästen in Fülle zu bieten bestrebt ist!
Riesenplakate an allen Mauern und Fenstern verhießen
Tombola, Schauspiel und Tanz in Pschunders Lokalitäten
Für heut’ abends ab Sieben! Doch weil der Saal und der Schankraum
Alle nicht hätte gefaßt, so hatte der findige Gastwirt
Hinten im Hofe die Scheune zum Tanzlokale verwandelt.
Welch ein begnadeter Einfall! Im ganzen Gebiete des Volland
Gab es *keine* wie sie! Aus der Zeit noch, da Bären und Wölfe
Hausten und Untat sannen im Urwald der hiesigen Gegend,
Mochte der Holzbau stammen. So glich er auch mehr einem Bollwerk
Denn einem friedlichen Speicher. Das moosüberwucherte Strohdach
Barg den gewaltigen Schüttraum, in dem man mit Wagen und Pferden
Wenden konnte bequem. Eine Brücke verband’s mit der Böschung

Steil ansteigender Äcker, die hinter dem Gasthof gelegen.
Weithin erklang es wie Donner im Dorfe, sooft über jene
Stolpernde Hufe traten und schwankendes Fuhrwerk gerollt kam.
Aber gewaltiger noch als die Schütte war unten, vom Hof her
Durch ein gigantisches Tor zu betreten, die reinliche Tenne!
Wie und mit welchem Geschmack nun gerade diese zum Tanzsaal
Prächtig verwandelt war, das werden wir abends bestaunen,
Jetzt doch währt noch der Tag, der vordere Saal und der Schankraum
Fassen der Männer genug, der trinkenden, qualmenden ältern,
Aber das *jüngere* Volk, noch lange nicht müde des Jahrmarkts,
Füllet noch Zeilen und Plätze und tanzt indessen zu allem,
Was nur irgend Musik ist, und wo es nur angeht, im Freien.

Evoë Bakche, Musik in allen Gassen! Zigeuner
Oben am Markt vor der Kirche, die Dorfkapelle herunten
Nächst dem Störrischen Engel und, aller Ecken und Enden,
Werkel, Harmonikaspieler und Trommler und Dudelsackpfeifer!
Evoë Bakche, Musik! Jedoch der gewaltigste Spielmann
War doch der Wind, der Wind! Über alles Menschengetöse
Rauschte er herrisch dahin und zerriß es in flatternde Fetzen
Tumultuarischer Schreie, indessen er selber in steten
Vollen Akkorden erklang. Er bediente ein ganzes Orchester
Rasender Instrumente. Was immer er haschte und faßte,
Nahm er und tobte darauf. Er knatterte scharf in den Fahnen,
Trommelte Wirbel mit Ästen auf bäumebenachbarte Dächer,
Ratschte mit Wetterhähnen, und in die Plachen der Buden
Paukte er klatschend hinein. Er pfiff auf den kupfernen Drähten,
Brummte in ihren Masten, und gellend mit blechernen Schildern,
Klappernd mit Traufen und Rinnen und klirrend mit splitternden Fenstern,
Machte er Zinken und Zimbeln und schlug dazu die Tschinellen.
Evoë Bakche, der Wind, der Wind! Da flogen die Kittel,
Eh noch die Burschen sie hoben! Da kamen die Reize zum Vorschein,
Welche die Keuschheit bedeckt, und in prickelnder Vorlust des Abends
Kreischten die Weiber gekitzelt und taumelten gern in die Arme
Derb zugreifender Burschen, die gegen den Wind sie beschützten!

Endlich die Dämmerung kam. Aus opalenen Tiefen des Himmels
Sanken die Schatten herab, die frühen des späteren Herbsttags.
Helle erleuchteter Fenster enttrat den verdunkelnden Flächen
Schwindender Giebelfronten, und, hastig flackernd, die ersten
Sterne bezogen die Lichtwacht. Da packten die Händler zusammen,
Fluchend dem schlechten Geschäfte, obwohl es das beste gewesen,
Brachen die Buden ab und verluden den Kram auf das Fuhrwerk.
Da nun verlief auch das Volk sich, der Trubel verebbte, die Wagen
Rollten auf finsteren Straßen, vom Bellen der Hunde begleitet,
Fernhin verrasselnd zu Tal. Der Theresienmarkt war zu Ende.

Aber der Wind, der Wind?! Auch *er* nun legte sich endlich
Hoch in den Wäldern zur Ruh' und entschlief. Die befriedeten Wipfel
Schauderten nur noch im Nachhauch. Allein in der eisigen Stille
Sternebevölkerter Nacht, die süß nach gefallenem Laub roch,
Klang bacchanalisch durchs Dorf, vom Störrischen Engel herüber,
Heiseres Johlen, Musik und der stampfende Rhythmus des Tanzes.
Aber bevor ich auch *dich,* o Muse, zu diesem geleite,
Folge mir abseits ein wenig und tu einen Blick in die Werkstatt
Heimlicher Pläne mit mir, die *heut'* noch zu reifen bestimmt sind:

Jene Saat des Gerüchtes, daß Vitus der Vater des Kindes,
War in die Halme geschossen, seit Cordulas heimliches Wachstum
Offenkundig geworden. Zwar wagte niemand im Dorfe,
Ihr ins Gesicht sie zu zeihen, doch schlüpfrige Späße und Possen,
Wenn sie den Rücken kehrte und noch in des Hörens Bereich war,
Ließen sie alles erraten. Da wär' die Empörte am liebsten
Auf und davon gelaufen. Allein, sie bedurfte der Arbeit
Brauchte den sichern Verdienst für die schwere Stunde, die nahte.
Wer auch hätte sie sonstwo in diesem Zustand und vor dem
Winter in Dienst genommen? Sie mußte froh sein, daß Pschunder,
Schmutzig-berechnend genug, die tüchtige Kraft zu erhalten,
Ihr gegenüber schwieg und bloß den Lohn reduzierte.

Anders Andreas, der Sohn! Der hatte schon längst in der Einschicht
Allerlei läuten gehört. Nun aber war der Verschmähte
Auch bei der Kirchweih erschienen und hatte mit seinen Kumpanen
Tückische Rache ersonnen und rasch im geheimen gerüstet:
Heute um Mitternacht, Schlag zwölf, in der Scheune beim Tanz wird
Cordula Vitus, dem Knechte, zum allgemeinen Gespötte,
Lästerlich angetraut von – Schwinzerl, dem Schinder, als Pfarrer!

Heia, das gibt einen Spaß! Da wird die Stolze am Pranger
Mürbe werden und bleich! Und wenn sie sich sträubte? Dann werden
Kräftige Arme genug sein, zum Spottaltar sie zu führen!
Und sie gingen ans Werk. In einer der Pausen des Tanzes
Fingen sie Vitus ein und zerrten den Knecht in den Schafstall.
Dort eröffnete ihm Andreas, er werde heut nacht noch
Cordula heiraten müssen, dieweil er der Vater des Kindes,
Welches die Jungfrau bekomme. Der Arme im Geiste verstand erst
Nicht, worum es sich handle, doch dann, als er endlich begriffen,
Glaubte er ernstlich daran, und willig ließ er und selig
Alles mit sich geschehen: eine alte Urlaubermütze
Stülpten sie ihm auf den Kopf. In die schäbigste Feuerwehrbluse
Sackten sie seinen Rumpf, und in die verkrüppelte Rechte
Gaben sie ihm einen Strauß von gedroschenen Ähren und Disteln.
Schön ist der Bräutigam, o Cordula! Fiebriger Wangen
Hopst er im Stall hin und her, und ihn umbrüllt das Gelächter
Halb schon besoffener Burschen, die ihm die Pflichten der Brautnacht
Pantomimisch erklären! Da schrillt von der Scheune herüber
Wieder die Tanzmusik, da schmeißen die Kerle die Tür zu,
Ziehen den Schlüssel ab und lassen den Narren im Finstern.

Evoë Bakche, zum Tanz! Nun schürz die ambrosischen Glieder
Du auch, o Muse, und komm! Nun endlich darf dir der Sänger
Mitten im nördlichen Land, am granitenen Hange des Volland,
Südliche Orgie zeigen, hellenischer Bräuche nicht unwert!

Oh, wie schleppt sich der Mensch von Notdurft zu Notdurft des Alltags
Krummen Rückens dahin! An Geiste und Körper der Schwere
Dumpf und sklavisch verhaftet, und, ach, wie ähnlich dem Tiere,
Dem der Dionysos fremd und die himmlische Labe des Lachens,
Sänk' er ins Dunkel zurück als vergebliche Bürde der Erde,
Hätten die Götter nicht, die gütigen, hohen und weisen,
Ihres eigenen Schreitens, des schwebenden, schwerebefreiten,
Ihm eine Ahnung verliehn in der holden Verzückung des Tanzes!
Freilich, den Nördlichen fehlt die Grazie herrlicher Nacktheit,
Und den Thyrsos ersetzt, den efeu- und weinlaubumkränzten,
Nichts in der plumperen Hand! Und dennoch sind es dieselben
Glühenden Sinne wie einst und dieselben entbrannten Begierden,
So die Mänade gehetzt am Lorbeerstrand des Ilyssos,
Bis sie im Uferschilf, im Syringendickicht der Haine
Keuchend dem Jüngling erlag, der rasend und trunken vom Gott war!

Evoë Bakche, zum Tanz! Nur näher, o Muse, nur näher!
Siehe, da sind wir auch schon, gepfercht in die Menge des Volkes,
Das seine Dünste vermischt mit den Düngergerüchen des Hofes,
Drängen uns langsam durch und stehen nun frei vor der Scheune.
Evoë Bakche, das Tor des gespenstischen Bauwerks ist offen,
Riesig ein Viereck des Lichtes inmitten der finstern Umgebung!
Und in dem zischenden Scheine der roten bengalischen Feuer
Wirbelt in doppelter Drehung ein Flirren von Lichtern und Schatten:
Arme schleudert's empor, entblößte, wie züngelnde Flammen,
Hälse, vom Purpur gestreifte, Gesichter und Schultern und Nacken
Taumeln ins Dunkel zurück und flackern wieder ins Licht auf.
Und die Zigeuner spielen! Musik, o wäre Musik nicht,
Wären es torkelnde Tiere, die glasiger Blicke und heißen
Keuchenden Atems einander umkrampften mit schwitzenden Pranken!
So aber sind es Verzückte! Die göttlichste menschlicher Künste,
Selbst in der Fratze noch mächtig verworrnen Zigeunergefiedels,
Wehret dem Ausbruch des Chaos und gibt noch dem *Rausche* Gesetze!

Rhythmisch wogen die Paare, die sicher gebändigte Fliehkraft
Preßt die geschmeidige Beugung erhitzter weiblicher Lenden
Wider die muskelversteinten, die zuckenden Arme der Tänzer,
Und im gesteigerten Schwung der nach rückwärts geworfenen Schultern
Straffen die Brüste sich prall vor den witternden Nüstern des Manntiers.
Heia, da finden einander die Knie, die Schoße, die Schenkel!
Heia, da ringt sich der Schrei, der röchelnde, jauchzende Brunstschrei,
Wild aus den bärtigen Kehlen, da schluchzt das Gelächter der Weiber
Heiser und geil von der Wollust des *alles* gewährenden Taktes,
Und die Zigeuner fiedeln! Vom rasenden Stampftritt der Sohlen
Staub aufwirbelt die Tenne, ein blutrot wogend Gewölke,
Über die Köpfe hin, und gleich einem Untier der Vorzeit
Reckt sich im Hintergrunde mit Streben, Balken und Schrauben,
Gärungsgerüche entströmend aus Rinnen, Behältern und Trögen
Und Hekatomben von Früchten das Blut zu entquetschen begierig,
Hoch ein gespenstischer Bau aus verwittertem Holzwerk: die Presse!

Mitternacht rückte heran, die Stunde, welche der Wächter
Auszurufen vermeidet, damit er die Geister nicht störe,
Und das Gedränge wuchs auf dem Platz vor der dröhnenden Scheune.
Wen seine Füße noch trugen, der kam aus den vordern Lokalen
Jetzt in den Hof gewankt, das verheißene Schauspiel zu schauen.
Niemand wußte Genaues. So riet man auf dieses und jenes.
Nur auf das Richtige nicht. Sogar das Fräulein Rachoinig
Ahnte den nahen Triumph nicht. Inmitten der dampfenden Menge
Hälsereckender Menschen, die jeglicher Sitte vergaßen
Gegen Jungfraun von Stand, umhielt sie den Bizeps des Selchers
Eiskalt-schwitzender Hände und quiekte Erregung und Neugier.
Er doch bemerkte sie kaum und hatte Augen und Ohren
Nur für das Weib des Gendarmen, das sündhaft duftend vor ihm stand.
Und sie war schöner denn je, und er verlor das Bewußtsein,
Wenn er, wie jetzt im Gedränge, der Köstlichen körperlich nah kam.
Glühend hauchte er ihr in das blonde Gekräusel des Nackens.

Plötzlich brach die Musik ab, der Tanz hielt inne, und zwölfmal
Schlug es auf schepperndes Blech, und hinter der Presse hervor kam
Schwinzerl im Priesterornat aus roten und goldenen Flicken.
Wie eine Kanzel erklomm er das hölzerne Untier und bot nun
Vitus und Cordula auf: Ob jemand ein Hindernis wisse? –
Höllengelächter die Antwort. Den Weibern blitzten die Blicke,
Grausame Nüstern erbebten, und häßlich verzog es die Mäuler.
Jetzt erschienen vom Schafstall die wilden Burschen mit Vitus.
Bleich vor Erschütterung war er und dennoch beseligter Augen.
Neuer Gelächtertumult, Applaus und besoffnes Gejohle.
Wo aber war denn die Braut? Sie kam nicht zur Hochzeit? Noch eben
Hatten sie welche gesehn in der Schank die Gäste bedienen!
Paßte ihr nicht der Gemahl? Oder war ihr im Laufe der Zeit das
Brautkleid zu enge geworden, das Myrtenkränzlein zerfallen?
„Hojah, die Braut muß her!" Vom Stampfen im Takte begleitet,
Brüllten's erhitzte Stimmen. „Die Braut her! Die Braut her! Die Braut her!"
„Schleppt sie, wenn sie nicht mag!"
„Will *die* sich noch spreizen?!" „Die Braut her!"
„Keine Geschichten gemacht mit der Trottelhure!" „Die Braut her!"
Und das Getümmel wuchs an, der Pöbel wollte sein Opfer
In der Arena haben. Da keuchte auf einmal vom Hof her
Heiserer Wutschrei auf: „*Davon* ist sie, *fort*, die Kanaille!"
Und mit den Ellenbogen und Fäusten stieß sich der Wirtssohn
Mitten durchs siedende Volk in die Scheune hinein eine Gasse.
Aber, da platzte nun *ihm* der Hohn des Gelächters ins Antlitz!
Feindlich umschnaubte die Wut ihn der um die Hetze Geprellten;
Und schon griffen sie zu. Da verlor der betrunkene Bursche
Letzte Besinnung und hieb dem Nächsten die Faust auf die Nase.
Heia, da gab es nun Blut! Ja, Blut kam, evoë Bakche!
Oder war es nur Wein, der im allgemeinen Getümmel
Jetzo von Scheiteln floß, zerschlagenen Kiefern entstürzte,
Röchelnden Nüstern entquoll und verzerrte Gesichter verschmierte?
Blut war es, Blut war es, Blut! Vergeblich warf sich Herr Pschunder
In das Gemetzel hinein, vergeblich aus sichrer Entfernung

Schnarrte sein „Halt!“ der Gendarm in Gesetzes Namen, vergeblich
Ließ seine Leute der Primas zum Tanze aufspielen, das Keuchen,
Gurgeln und Knirschen der Raufer, das schrille Gekreische der Weiber,
Es überbot die Musik, und von Stürzenden dröhnte die Tenne.

Da nun erfaßte der Rausch auch die gaffende Menge im Hofe.
Viele wollten davon, die anderen drängten dagegen,
Ängstliche schrien um Hilfe, Besonnene riefen zur Ruhe,
Aber sie riefen vergeblich, und plötzlich schrillte von allen
Seiten des finsteren Hofes der nervenaufpeitschende Diebspfiff.
Da, in der höchsten Gefahr des Niedergestoßenwerdens,
Packte der brünstige Selcher mit eisernem Griff die Gendarmin,
Riß sie aufstöhnend an sich und drängte sie abseits. Die Dirnen,
Die aus der Scheune flohen, sie liefen dem fremden Gesindel
Ohne Besinnung zu, und die Strolche nützten die Lage.
Aber die Nacht war wie Eis und die Wiese hinter der Scheune
Naß von gefrierendem Tau; doch oben im Dache das Tor der
Schütte war angelweit offen! Allein, da stand, wie der Erde
Plötzlich gespenstisch entwachsen,
Herrn Pschunders einäugiger Hausknecht,
Stand Polyphem vor dem Tore, Tribut für den Einlaß begehrend,
Und wer den Sechser bezahlte, erhielt des Strohs eine Schäube
Unentgeltlich darauf als ein kitzelndes Bette der Liebe!
Heia, da hub nun im Dach ein entfesselter Reihen der Wollust,
Hub ein Gebalge an, und wie eine riesige Trommel
Dröhnte die Decke der Tenne vom Fersenwirbel der Weiber.
Doch in der Mitte der Schütte, das wüste Gestrampel befeuernd,
Tanzte der Totengräber im Lästerornate, als hielt' auch
Er eine Dirne umfaßt, im Rausche mit seiner Laterne!

Da aber, *was* war das?! Auf einmal wankte die Erde:
Ungeheuerer Donner! Und wieder Erschüttern! Und wieder
Ganze Kaskaden von Donnern! Von wannen? Von unten? Von oben?
Und der Himmel war rot und die Dächer schwarze, geduckte

Rücken wider die Röte! Da bebte von neuem der Grund und –
Irgendwoher aus der Tiefe, als berste die Erde im Kerne! –
Wieder betäubender Krach! Da fiel in der Stille, die folgte,
Alles Volk auf die Knie in fahlem Entsetzen, und plötzlich
Wimmerte wo in der Ferne, vom Ende des Dorfs, eine Stimme,
Wuchs und ward zum Gezeter des Wahnsinns und nahte dem Gasthaus.
Und schon war sie darin und durchirrte die Räume, und endlich
Fand sie heraus aus dem Haus und war in der Türe und heulte
Hohl aus dem Munde des Glasers: „Das Herz schlägt! Luzifers Herz schlägt!"

Luzifers Herz?! Das Herz im Schoße des Volland?! Da packte
Eisiges Grausen das Volk, und schreiend
„Das Herz schlägt! Das Herz schlägt!"
Schnellten die Knienden auf und stürzten hinaus auf die Straße.
Stürzten und prallten zurück! Denn dort, wo sonst die Fabrikstadt,
Nachts nur spärlich beleuchtet, tief unten im ebenen Land lag,
Wogte ein Bacchanal ineinanderlodernder Brände!
Wie das Gebrüll einer Feldschlacht, wie Trommelfeuer, wie Salven
Riesenhafter Kaliber, so tobten die Explosionen,
Und aus den prasselnden Lohen – die Lüfte sausten von ihrem
Ungeheueren Atem! – aufplatzten gigantische Säulen,
Feuergarben verspritzend mit weltraumerschütternden Schlägen!
Heia, *das* war ein Tanz! Das war ein noch *anderes* Tänzchen
Als in der Schütte und Scheune! Heia, *diese* Mänaden,
Scharlach- und purpurumflattert, in Pardelfellen der Flammen,
Schnoben noch *andere* Brünste! Von *ihrer* besessenen Fersen
Wirbel zersplitterten Quadern, zerknickten stählerne Hallen,
Wurden Krane entwurzelt, Traversen wie Halme zerbogen,
Und – in entfesselter Furie Türme als Thyrsen verschleudernd,
Tausende Menschenleiber wie Trauben im Bottich zermaischend,
Hekatomben von Leben in brandige Äser zerfetzend,
Daß sie im Meilenumkreis die lechzende Erde besäten –
Stürmten *diese* Mänaden die eherne Veste des Himmels,
Tränkten die Wolken mit Blut, verlöschten die ewigen Sterne

„ ... Wogte ein Bacchanal ineinanderlodernder Brände! ... “

Und, in ekstatischem Tanz zu den Beckenschlägen der Donner,
Schwangen sie – Evoë Bakche! – die Totenfackel des Reiches!!

Schreckensbleich und -gelähmt verharrte die Menge und starrte
Stumm dem Entsetzlichen zu. Dann siegte allmählich der Morgen
Über die Leuchtkraft der Flammen, und nur eine finstere Wolke,
Ungeheuer geballt, in der es noch blitzte und krachte,
Wuchtete wie eine Faust, die satt von den Greueln des Mords ruht,
Mitten im friedlichen Lande und deckte die Reste der Stadt zu.
Schlotternd verzog sich das Volk in die Häuser und Höfe, aus deren
Ställen, ein schauriger Chor, in Todesängsten das Vieh schrie.
Aber *über* dem Dorfe, im Hohlweg unweit der Kirche,
Lag ein gar seltsames Etwas, ein Popanz, phantastisch verkleidet,
Hielt einen Hochzeiterbuschen aus Disteln und Stroh in der Rechten,
Und eine Urlaubermütze saß ihm noch fest in der Stirne,
Welche am rechten Auge vom Blut einer Wunde verklebt war.
Wer ihm die Wunde geschlagen und wie das Geschöpf da heraufkam,
Ob es nach jemand gesucht, der etwa allein in die Nacht lief,
Dürfte man niemals erfahren. Ein fremder Holzknecht vom Volland,
Welcher des Weges kam und der Leute des Dorfes nicht kund war,
Nahm sich des Menschen an und trug ihn halbtot in den Pfarrhof.

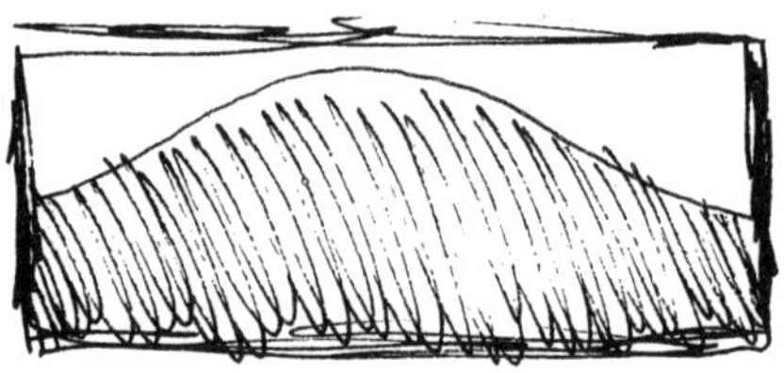

Zwölfter Gesang

Johannes Brahms, Opus 78, Finale

Schriebl, so hieß das Gehöfte, und Siemon, so hießen die Leute,
Die es gepachtet hatten seit vielen Jahren und dort im
Schweiße des Angesichts die kärgliche Erde bebauten.
Stundenweit über dem Dorf und der jetzigen Grenze des Hochwalds
Lag die bescheidene Wirtschaft am Rand eines uralten Schlages,
Dessen Strünke und Wurzeln wie Riesengebeine der Vorzeit
Stürme- und güsseverwittert verkarstendes Erdreich bedeckten.
Aber jenseits des Schlages begannen die Almen und Matten,
Die sich, von Krummholz bestanden und niedern Wacholdergesträuchen,
Schimmernd zum Rücken empor des gewaltigen Volland erhoben;
Bloß ums Gehöfte herum, als freilich nur dürftiger Windschutz,
Ragten vereinzelte Lärchen aus sumpfig verdunkeltem Moosgrund,
Sonst doch nirgends ein Baum, der aufrecht den Stürmen noch Trotz bot.

Und es war im November. Die mächtig umgebenden Höhen
Glänzten seit Wochen im Schnee, und dennoch waren die Lüfte
Über dem Passe gelinde. Den nächtlich sich bildenden Rauhreif
Schmelzte die Sonne noch immer an jedem Morgen, die Matten
Tauten dann glitzernd auf, von den oberen Hängen herunter
Rieselten Adern und Bächlein, die Stapfen der weidenden Rinder
Sprenkelten schwärzlichen Brauns die wasserdurchsickerten Gründe,
Und vor dem Hause ein Quell, aus bemoost und umrindetem Holzrohr,
Schwatzte mit plätscherndem Fall in das Glucksen und Raunen der Läufte.

Hier nun lebte geborgen seit jener Nacht des Entsetzens
Cordula, gerne gesehn und betreut von den biederen Leuten,
Denen sie fleißig half, soweit es ihr Zustand noch zuließ.

Und er beirrte sie kaum. Sie trug des werdenden Lebens
Last mit der spielenden Kraft des sehnig-geschmeidigen Körpers,
Der an die Arbeit gewöhnt und in steter Bewegung geübt ist.
Nichts von der fahlen Erschlaffung, die vielen Erwartenden eigen!
Straffer war ihre Gestalt vom rüstigen Schaffen im Freien,
Frischer ihr Angesicht in der köstlichen Bergluft geworden,
Magdlicher blühte die Stirn ihr, und ruhiger weilten die Augen,
Wenn auch vom Wissen umflort um die tückischen Launen der Menschen.

Siemons hatten ein Kind, eine spätgeborene Tochter,
Die schon seit ihrer Geburt an beiden Beinen gelähmt war.
Cordula kannte sie lange und hatte die Kranke auch früher
Öfters im Jahre besucht, jetzt aber schloß sie die Ärmste
Ganz in ihr mütterlich Herz und lehrte sie immer des Abends,
Eh sie mit ihr in der Kammer zu Bett ging, lesen und schreiben.
Festliche Zeit für das Kind! Da mochte draußen der Nachtwind
Leise die Hütte umwehn oder heulend als Sturm sich gebärden,
Oben im niedrigen Dachraum, durchduftet von harzigem Holzrauch,
Blühte die Andacht auf aus Cordulas altem Gebetbuch,
Und dem vergilbten Kalender aus Olims Zeiten entstiegen
Bunt vor der Seele des Kindes die magischen Bilder des Lebens.
Wenn dann die Kleine endlich, zum Schlummer versorgt und gebettet,
Selig in Träume entrückt war, da schob die ältere Freundin
Näher zum eigenen Pfühl das leise brodelnde Lämpchen,
Nähte aus allerhand Leinwand, die Mutter Siemon gespendet,
Winziges Wäschezeug und versann sich bis tief in die Nacht noch:
Sanft war das Leben mit ihr ja *nicht* verfahren, für Liebe
Hatte sie Schande geerntet, für Arbeit und Plage nur Armut;
Aber stille davon! Des Mädchens tapferes Herz schied
Alles, was Gift war, aus, und wenn dann der Morgen herankam,
Sanken die Lider auch ihr, der Auslaufbrunnen am Hause
Schläferte silbernen Wohllauts die bangen Gedanken zur Ruhe,
Schauder der Frühe verkühlten das pochende Fieber der Schläfen,
Und sie erwachte gestärkt nach kurzem Schlummer zum Tage.

Unten im Dorfe die Leute *wußten* um Cordulas Zuflucht,
Doch auf den Schriebl herauf kam niemand von ihnen in diesen
Zeiten des winternden Jahres. Nur *ein*mal, am Feste Martini,
Brachte ein Kind einen Brief von der Krankenkassa der Landstadt:
Alle Spitäler belegt mit blessierten Soldaten, für junge
Mütter nirgends ein Raum, noch geeignete Nahrung; da sei es
Immer das Bessere noch, das Ereignis lieber zu Hause
Abzuwarten. Zu Hause? Da schluchzte freilich das Mädchen
Manchmal bitterlich auf und fühlte sich elend und mutlos,
Aber auch dieses verging, und als nach gesegneten Tagen
Köstlichen Friedens auch jener des Abschieds vom Schriebl herankam,
War sie schon wieder beruhigt und heiter-gewärtiger Seele.

Zögernd erhob sich der Morgen in jener Frühe; des Nachts war
Bis zum Gehöfte herunter Neuschnee reichlich gefallen,
Nebel umhingen das Haus und verhüllten die Tiefen und Höhen.
Cordula hatte ihr Bündel schon gestern heimlich gerüstet,
Schlich auf behutsamen Zeh'n aus der Kammer des schlafenden Kindes,
Stärkte sich noch auf den Weg am geheizten Herde und nahm dann
Urlaub von ihren Wirten. Es waren nur wenige Worte,
Die da gewechselt wurden: „Vergelt's Gott!" und „Glück auf die Reise!"
Aber oben im Dache umhielten zwei kränkliche, blasse
Händchen ein altes Gebetbuch, ein plötzlich von Ahnung erwachtes
Antlitz erhob sich mühsam, gewahrte Kammer und Bettstatt
Leer und – lauschte noch lang auf ein Etwas, das immer noch nachklang,
Während das Mädchen schon längst an jene Stelle gekommen,
Wo man zum letzten Mal noch, bevor es zu Tal geht, den Schriebl
Ferne erblicken konnte. Da hatte die purpurne Sonne
Weichenden Dünsten obsiegt, nur rosig-vergehende Wölkchen
Hafteten noch im Geklüfte, die schneeüberbreiteten Gipfel
Brannten wie glühender Stahl in die glanzlos schwärzliche Bläue,
Aber die Täler erfüllte nun um so dichterer Nebel.
Und durch dies Element, dies feindlich-drohende, mußt nun,
Cordula, du hinab, deinem irdischen Schicksal entgegen!

Noch, noch gehst du im Lichte und atmest silberne Wölkchen
In die kristallene Klarheit der eisigen Lüfte, doch jetzt schon
Nur mehr wenige Schritte, dann legen sich Schleier um Schleier
Immer dichter um dich, kaum siehst du den Weg mehr, des Tages
Köstliche Bläue verlischt, und fröstelnd-dämmrige Nacht wird!

Und der Abstieg begann. Über nässeschlüpfrig Gerölle,
Gräserdurchwachsene Halden und sumpfig-durchsickerten Moosgrund
Ging's eine Weile hinab, beschwerlich; dann aber tauchte
Mählich vor Cordulas Blick die oberste Vorhut des Walds auf:
Einzelne Schattengespenster verwetterter Lärchen, dann Birken,
Starrend im gelblichen Braun des frostüberdauernden Laubes,
Ebereschen sodann mit farblos-verschrumpften Behängen
Sonst so leuchtender Beeren, und endlich, nachdem sie durch junge
Pflanzungen lange geschritten, enttrat auf einmal dem Nebel
Wie eine finstere Wand die Fichtenflanke des Hochwalds.
Und hier war auch das Kreuz, ein uralt-vermodertes Holzkreuz,
Welches den Heiland trug und bei dem die Wege sich teilten:
Einer hinab in das Dorf und, dieses umgehend, der andre.

Cordula zögerte nicht und wandte sich dorfwärts; denn was sie
Dort auch immer erlebt an Traurigem, Bitterm und Bösem,
Ohne Abschied vom Pfarrer wollte sie nicht in die Fremde;
Aber je länger sie hinschritt, um so beklommener ward ihr.
Freilich war es kein Grauen vor *Wesen* und *wirklichen* Dingen,
Das sie nun überlief in dieser verhangenen Wildnis,
Doch der Weg, den sie *jetzt* ging, er war der nämliche Abstieg,
Den sie im Frühling dereinst am Tag vor Fronleichnam genommen –
Alpenrosen im Arme und Himmelschlüssel in Händen!
Und die Erinnerung kam aus Korallentiefen der Seele:
Damals erklangen die Wipfel von reizender Lockung, aus Büschen
Flötete Antwort zurück, und Heidel- und Preiselbeerkräuter
Würzten mit prickelnden Düften den liebenden Aushauch der Erde;
Jetzt doch nirgends ein Laut lebendigen Regens, nur manchmal

„... Cordula zögerte nicht und wandte sich dorfwärts; ...“

Über der lastenden Wolke Gekrächze sich sammelnder Krähen.
Damals ging es hinab zu Fahnen und Farben, im Herzen
Hochzeitliches Geläute, und selbst noch im *Zweifel* war Hoffnung;
Jetzt doch, grau war die Welt, die Hoffnung zuschanden, der Zweifel
Schlimmste Gewißheit geworden und nirgends Anhalt und Zuflucht! –
Cordula, schmerzhafte Magd, wo führt dein Weg hin? Wo wird dir,
Wenn deine Stunde genaht, die Bürde des heiligen Lebens
Abzusetzen erlaubt sein? Glaubst du noch immer an Menschen,
Welche die Hungrigen speisen, die Dürstenden tränken und wunden
Füßen ein Labsal bereiten? Ist dir da unten bei jenen,
Welche dich ausgetrieben mit Schimpf und Verachtung, ist dort dir
Irgendein Stall so gewiß, bei Ochs und Esel ein Kripplein,
Wo du dein Kindlein bettest, und wär' es auf Stroh nur und Lumpen?
Aber die Engel lobsängen: Ehre sei Gott in der Höhe!
Aber die Könige kämen mit Gold und Myrrhen und Weihrauch,
Anzubeten das Kind: den *du* dir gebarst, deinen Heiland! –

Da erwachte die Magd und hemmte die Schritte und lauschte:
„Anzubeten das Kind? Den *du* dir gebarst, deinen Heiland?" –
Ewiger Muttertraum! – War dies eine *wirkliche* Stimme,
Die es ihr zugeraunt, um sie zu versuchen, gewesen?
Wohl, laut schlug ihr das Herz, und noch ein *anderer* Pulsschlag
Rief sie geheimnisvoll aus tiefsten Verliesen des Bluts an,
Aber der Wald war still, nur Nässe tropfte in allen
Bäumen von Zweigen zu Zweigen, an jeder einzelnen Nadel
Hing die kristallene Träne und zögerte, eh sie herabfiel.
Da doch, indes sie noch stand und horchte und schaudernd um sich sah,
Kam's durch die tosende Stille der lautlos flutenden Nebel
Wie aus der anderen Welt, wie ein Atemholen von fernen
Ehern-beseelten Lungen: Geläute! Wirklich Geläute?
Heute am Werktag vor Mittag? Das war kaum möglich, und dennoch:
Anderes konnt' es nicht sein, was da klang, als Übelbachs Glocken!

Und nun ging sie nicht lang mehr, da war auch die Wolke durchschritten;
Dämmernde Schleier verzogen, die Wipfel der finsteren Fichten
Wurden allmählich sichtbar und Himmelsahnung darüber.
Schon begann auch der Hohlweg, der erlenumbuschte, die Wiesen
Senkten sich sanfter hinab, die gepflügten Felder von unten
Stiegen bräunlich heran, aus kahlem Wipfelgewirre
Hob sich die Spitze des Kirchturms, und Cordula stand bei dem Bänkchen
Unter der einsamen Fichte, wo einst am Tag vor Fronleichnam
Thomas, der Pächter vom Volland, für immer Abschied genommen,
Stand und blickte hinab auf die Dächer des Dorfes und sah den
Platz vor der Kirche erfüllt von ungewöhnlichem Leben:

Übelbach war auf den Beinen! Ein schwärzlich Gewimmel von Menschen
(Weiber und Kinder zumeist, in ihren Werktagsgewändern)
Hielt sich in Gruppen beisammen, um wieder einmal nach etwas –
Ob es nun Hochzeit galt oder Kindstauf oder Begräbnis! –
Klatschend und tratschend zu gaffen. Da brachte auf einmal ein dünnes,
Helles Trompetensignal Bewegung unter die Leute:
Alles drängte zur Mitte des Platzes, Feuerwehrhelme
Funkelten plötzlich auf, das Messing von Blasinstrumenten
Schimmerte zwischen den Köpfen, und unter Glockengeläute,
Während mauerngedämpft die Orgel erbrauste, marschierte
Über den Kirchenplatz, die Hüte mit glitzernden Buschen
Über und über geschmückt, ein Zug von Männern und machte
Front mit dem Rücken zum Schulhaus und stand in Reihe und Glied da.
Jetzt erst entsann sich das Mädchen, und plötzlich erkannte sie deutlich
Meister Oremus, den Schmied, der die anderen hoch überragte,
Zaunschirm, den Feuerwehrhauptmann, Hitzgern, den Maurer, und ganz am
Linken Flügel der Front, das Haupt wie gewöhnlich ein wenig
Spöttisch zur Seite geneigt, den mephistophelischen Schreiner!
Aber die andern Rekruten waren halbwüchsige Burschen,
Kaum erst der Schulbank entwöhnt, aus dem weitern Gebiet der Gemeinde!
Da doch verstummten die Glocken, Kommandorufe ertönten,
Letztes Winken geschah, und unter Trompetengeschmetter,

Unter Tschinellengeklirre und Trommelgepolter begab sich
Dieser traurige Zug von alternden Männern und Knaben,
Mit Hurra und Hallo von den Gassenkindern begleitet,
Unbeholfenen Marschschritts dem unteren Teile des Dorfs zu.

Übelbach, Örtchen im Glück, wer wird dir von nun an die Schuhe
Fertigen, wer deinen Giebeln die Flammen wehren, wenn Zaunschirm,
Schuster und Feuerwehrhauptmann, im Feld ist? Wer deinen Pferden
Eisen an Hufe schlagen und wer deinen rissigen Mauern
Mörtel geben und Halt, wenn Oremus, der Hufschmied, und Hitzgern
Unter die Streiter gegangen? Doch wer vor allem wird deinen
Toten die Särge zimmern, auf daß man sie christlich begrabe,
Wenn Herr Hiebaum, der Schreiner –? Allein, was scheren dich Tote,
Übelbach, Dörfchen im Glück? Dir bleiben ja *Lebende* reichlich,
Die deinen Aufschwung besorgen! Der lendengewaltige Selcher,
Hahn im Korbe nunmehr bei dem Weib des Gendarmen, vergießt auch
Fürder das Blut seines Stechviehs – zu deinem Vorteil und seinem!
Frischenschlager, der Bäcker, bäckt weiter für Schieber und Dirnen,
Die dich im *Winter* nun auch zum Liebesneste erkoren,
Kuchen und duftendes Weißbrot zur übrigen Friedensverpflegung!
Johann Baptist Populorum sowie seine staatlich geprüfte
Gattin vertreiben auch weiter in großem Stile die Mittel
Für und *gegen* das Leben an Leute, welche bei Geld sind,
Und sie alle zusammen, durchwegs die rüstigsten Männer,
Streuen nahrhaften Sand auch fürder ins Aug' des Gesetzes,
Daß es geschlossen bleibe und ihre Geschäfte nicht störe!
Und was den Gastwirt betrifft, deinen Ortsvorsteher, so hat er
Seinen Andreas, den Sohn, auch diesmal wieder vom Kriegsdienst
Freibekommen, damit – der Pschunder auf Erden nicht ausstirbt!

Und die Musik verlor sich die Straße zum Bahnhof hinunter,
Wurde zu bloßem Geräusche, aus dem nur manchmal der lange
Ruf eines einzelnen Hornes, vom Wind auf die Flügel genommen,
Immer ferner erklang zum Pochen der türkischen Trommel,

Bis auch dieses verwehte. Dann lag das Dorf und die Landschaft,
Jenes wie ausgestorben mit leergewordenen Gassen,
Diese nur himmelbelebt von Schwärmen krächzender Krähen,
Unter dem düstern Gewölke in winterlich-schweigendem Grau da,
Und über Wiesen hinab, vom erhabenen Platz bei der Fichte,
Kommst nun auch, Cordula, *du* dem Tal zu, um Abschied zu nehmen:
Abschied vom Dorfe im Glück, dem Ort deines Schicksals, und jenem
Einzigen Menschen in ihm, der immer dein gütiger Trost war.
Nur noch wenige Schritte, so tritt er dir lächelnd entgegen,
Lädt dich zu sitzen ein, und während die tickenden Uhren
Rings an den Wänden, auf Kasten und Simsen vertraulich beredt sind,
Spricht er von diesem und jenem mit dir und vermeidet behutsam,
Dich um etwas zu fragen. *Du* aber hast nur den *einen*
Wunsch, ihm *alles* zu sagen, oh alles, damit dieser Eine,
Der dir noch gut ist auf Erden, wisse, daß du nicht schlecht bist!
Dann doch, wenn dieses geschehen und du ihm alles gebeichtet,
Wenn sich die Härte gelöst hat, der Panzer wider Verachtung
Unberufener Richter, die Notwehr wider Verfolgung,
Wirst du zu Füßen ihm knien, und er, er wird dich erheben
Und mit dem Worte des Heilands: „Dein Glaube hat dir geholfen!"
Wird er dir kraft seines Amtes, zu binden oder zu lösen,
All deine Fehler verzeihen und segnen die Frucht deines Leibes ...

Und schon nahte die Magd den Wirtschaftsgebäuden des Pfarrhofs,
Denen der ländliche Duft von Ställen und Scheunen entströmte,
Und sie steht vor der Einfahrt des brettergebildeten Hoftors
Lauschend und pochenden Herzens. Da wird es drinnen lebendig.
Wittern die Hunde dich schon, o Cordula, daß sich im Hofe
Helles Gebelle erhebt und freudiges Winseln und Springen
Wider die trennende Planke und Kratzen an ihr mit den Pfoten?
Und du entriegelst das Tor und stehst nun im Hofe, und jauchzend
Springen die Rüden dich an. Die abgemagerten Tiere
Lecken dir die Hände und Füße, und mühsam nur kannst du dich ihres
Heftigen Andrangs erwehren. Da tritt aus der niedrigen Stalltür,

Um nach dem Grund des Gebelles zu schauen, mit hölzernen Schritten,
Weit nach vorne gekrümmt, eine Narbe über dem Auge,
Vitus, der Arme im Geiste, und sieht und erkennt dich, und Lachen,
Weinen und wieder Lachen und Weinen erschüttern die treue
Stammelnde Kreatur wie Sturmwind. Da wollen die rauhen
Abgerissenen Laute und viele wirre Gebärden,
Wollen dir *alles* erzählen und finden nur sinnlosen Ausbruch,
Welchem du nichts entnimmst und den du ratlos beschwichtigst,
Bis dich der Knecht an der Hand nimmt und hinter sich her in das Haus zieht.

Und du trittst in die Küche. Da brennt kein Feuer im Herde,
Und vom Geräte entblößt sind die Kasten, Gesimse und Wände.
Und du siehst in die Kammer der Greisin, und schaurige Kälte
Schlägt aus dem Raum dir entgegen, in dessen verwahrloster Ecke
Nur mehr ein eisernes leeres, matratzenberaubtes Gestell steht.
Und du irrst durch die Gänge gespenstisch hallender Schritte,
Drückst auf die Schnallen der Türen, die alle verschlossen, und endlich
Hältst du vor der Kanzlei. Da hängt an der Türe ein Zettel:
„Komme in einer Stunde“, und neben der Tür auf dem Gange
Steht ein Tisch, den du kennst, und auf dem Tische, da liegt ein
Staubiges Durcheinander von Uhren und Teilen von Uhren,
Winzige Schräubchen und Rädchen, Gläser und Scherben von Gläsern
Und, inmitten des Wustes, verwaist und zwecklos geworden,
Allerhand einfaches Werkzeug, wie es der Pfarrer benützt hat,
Wenn er in einsamen Nächten die müden metallenen Herzchen
Wieder in Gang zu setzen mit liebendem Eifer bemüht war.
Und da fühlst du auf einmal, wie schwer dein Körper geworden,
Fühlst, wie matt deine Knie, wie wund deine Füße und daß du –
Oh, wie warst du doch *reich* noch vor Augenblicken gewesen! –
Ohne Segen und Trost nun hinaus in die feindliche Welt mußt!

Lange brauchte die Magd, um sich allmählich zu fassen,
Dann verließ sie den Pfarrhof, und über den Platz vor der Kirche
Schritt sie, von niemand begegnet, dem Wiesen-Ende des Dorfs zu.

Barhaupt geht sie einher in der mütterlich-hohen Beschwernis
Ihres gesegneten Leibes. Die schimmernde Fülle des Haares
Krönt wie ein Leuchten ihr Haupt, und die herber geschlossenen Lippen
Zeichnen den schmerzlichen Mund in das strenger gewordene Antlitz.
Dir aber, Cordula, folgt in rührend linkischer Ehrfurcht
Vitus, der Arme im Geiste. Er trägt dein bescheidenes Bündel –
Oh, wie noch süßer ist dies, als im Umgang die Trommel zu tragen! –
Wie man ein Heiligtum hält, in behutsamen Händen vor sich her.
Und schon zieht ihr vorbei am Gemeindehause, da hörst du
Hellen Gesang aus den Fenstern, und neben dem Hause im Hofe
Spaltet der fleischige Arm der Gerechtigkeit Holz für die Wirtschaft.
Eigentlich wär' er berechtigt, dich anzuhalten und deine
Ausweispapiere zu heischen! Du bist ja erwerbslos, und solche
Leute sind immer verdächtig, doch *da,* an der Biegung der Straße,
Hast du den Friedhof erreicht. Hier schlummert dein Freund nicht, den hat man
Wohl, wie er immer gewollt, in seiner Heimat begraben!
Doch an der Mauer dafür die Bank, sie steht noch wie damals,
Da du zum letzten Male – die Sterne hingen wie Tropfen
Eisig glitzernden Tau's am leuchtend entfalteten Himmel! –
Liebe und Treue gewähnt und der Lockung des Lebens erlegen.
Aber auch dies ist vorbei, und nichts als die endlose Straße
Liegt als ein Rätsel vor dir. Da nimmt dich ein kleines Gehölz auf,
Und hier ist auch die Stelle – ein Wildbach stürzt sich zu Tal da –,
Wo ein uralter Grenzstein an längst verjährte Gemarkung
Mahnt und wo du dich anschickst, von Vitus Abschied zu nehmen.
Aber der Arme im Geiste, er *will* es nicht fassen, das Bündel
Hält er wie wehrend vor sich, die angstvoll erweiterten Blicke
Hängen an deinen Lippen, er möchte erwidern und kann nicht,
Bis er in Demut sich beugt und auch *dieses* Kreuz aus den Händen
Seiner Herrin auf sich nimmt; und dann – indessen vom Ort her
Längst es zu Mittag geläutet – steht dieser *eine* Gerechte,
Der in dem glücklichen Dorf am Volland zurückbleibt, noch immer
Selbst wie ein Steinbild am Grenzstein und starrt auf die Stelle der Straße,
Wo ihm dein Umriß verschwand und dein letztes Grüßen gewinkt hat.

Cordula, schmerzhafte Magd, wo führt dein Weg hin? Wo wird dir,
Wenn deine Stunde gekommen, die Bürde des heiligen Lebens
Abzusetzen erlaubt sein? Glaubst du noch immer an Menschen,
Welche die Hungrigen speisen und Müden ein Labsal bereiten?
Alle Spitäler belegt mit blessierten Soldaten, für Mütter
Weder irgendein Raum noch geeignete Nahrung! Ist *dir* da
Irgendwo auf der Welt bei fremden gleichgültigen Leuten
Auch nur ein Stall so gewiß, bei Ochs und Esel ein Kripplein,
Wo du dein Kindlein bettest, und wär' es auf Lumpen und Stroh nur?
Aber die Hirten lobsängen: Ehre sei Gott in der Höhe!
Aber die Könige kämen mit Gold, mit Myrrhen und Weihrauch,
Anzubeten das Kind! – Oh, Träume, Cordula, Träume!
Dornen sind dir gesäet, und Steine werden dein Brot sein,
Ach, wo immer du gehst und wo immer du anklopfst. Denn siehe,
Übelbach ist ja ein Dorf nicht, in *seiner* Art *einzig*, kein Ausbund
Unter den Orten und Stätten der erdebewohnenden Menschen,
Übelbach ist ja die *Welt*, und die derbe Begierde, zu raffen,
Selber in Freveln zu blühn und die Unschuld büßen zu lassen,
Ist ja der Irdischen Art! Noch *immer* haben die Lauten
Leisere niedergeschrien, die Rohen die Zarten geknechtet,
Schurken die Guten gemißbraucht! Noch immer auch ruhte das Schicksal,
Welches im Großen bestimmte die Lose der Menschengeschlechter,
Nicht bei den Weisen und Edeln! Nein, *immer* noch waren's die Gaukler,
Rollenerschleicher der Macht und Fälscher der hohen Begriffe,
Welche mit Lockung und Peitsche für dieses oder für jenes
Wahnwort die gläubige Herde von Schlachtbank zu Schlachtbank getrieben,
Und so *werden* sie's treiben, solange die Welt steht! Und dennoch:
Auch, solange die Welt steht, wird immer wieder ein reines
Kindlein geboren werden, um dessen willen der Herr die
Erde so schön gemacht und den Herzen die Hoffnung gegeben!
Und eine Mutter wie du – gegrüßet seist du, Maria! –,
So es in Demut empfangen und hart und getrost in der Not ist,
Wird ihm die Brüste reichen, auf daß es lebe und stark sei,
Selbst eine Welt sich zu schaffen aus seinen Träumen! Denn *anders*,

Wenn wir an *dieses* nicht glaubten für unsere *eigenen* Kinder,
Wäre die Erde ein Ort der bloßen Verzweiflung, die Zeugung
Schuld nur am neuen Geschlechte, kein Frieden erlöste in Gräbern,
Und es verlohnte sich nicht, den Menschen die Leier zu rühren.

Nachwort

Für den heutigen Menschen muß ein Werk wie „Kirbisch“ auf den ersten Blick aberwitzig erscheinen, vollkommen abstrus und abseitig. Wie kommt einer auf die Idee, über die Menschen eines österreichischen Dorfes ein monumentales Versepos in antiken Hexametern zu verfassen? Warum über gewöhnliche Menschen so geschwollen schreiben, sie so geschwollen reden lassen? Warum sich sowas überhaupt antun, wo doch die deutsche Sprache sehr schlecht geeignet ist für das antike Versmaß? Und außerdem – ganz nebenbei –, das Ding heißt „Kirbisch“, und der Held, der so heißt, beliebt erst im fünften Gesang aufzutreten, im fünften von zwölf. Geht das dramaturgisch, ist das erlaubt?

Nun, man beginnt zu lesen, mit gehöriger Skepsis, mit leisem Lächeln, leicht überheblich. Ein Pfarrer tritt auf, ein Dorftrottel, eine Kellnerin, ein Bauer, der in den Krieg muß, und spätestens dann ist es vorbei mit den Vorbehalten, mit der Skepsis, mit dem überheblichen Lächeln.

Es entsteht nämlich ein Sog, ein unglaublich starker Sog, ein Sog aus Sprache, der einen ganz und gar hineinzieht in dieses wundersame, merkwürdige Werk. Man entdeckt, daß diese Hexameter eine berauschende Wirkung ausüben; wie von Wellen wird man davongetragen. Reine Kunst also, pure Sprache, nein, besser: pure Musik?

Nein, das ist es nicht, nicht nur. Man entdeckt, daß die Hexameter zur satirischen Überhöhung dienen, und ist amüsiert, auch erleichtert (für den Autor). Ach, so ist das, um Satire handelt es sich? Natürlich – wann je wurden ein Schweinskotelett und ein Kartoffelsalat derart treffend in Versen beschrieben, daß einem das Wasser im Munde zusammenläuft? Wunderbar, einverstanden, köstlich! Aber das ist es auch nicht.

Nicht nur. Ganz tief und ernst wird mit diesem Dorf Übelbach die ganze Welt beschrieben, der Mensch an sich, wie er handelt, wohl immer handeln wird. Die Zeichnung der Dorfbewohner ist satirisch – wer wird sie je vergessen, den Wirt Pschunder Tobias, das Postfräulein Rose Rachoinig, Fürbaß Romanus Ägid, den „lendengewaltigen Selcher"? –, aber das Anliegen ist tief und ernst. Über Krieg wird erzählt, über Raffgier, über Egoismus, über die Korrumpierbarkeit des Menschen. Und ganz liebevoll über zwei, die rein sind. Der Trottel und die Mutter, diese beiden sind rein und unberührbar. Alles taumelt trunken in die Apokalypse – gespenstisch beschrieben der Tanz auf dem Vulkan und die Vernichtung der im Tale liegenden Fabriksstadt –, aber alles endet im Lobgesang an die Mutter, an die ledige, verlassene, verstoßene Mutter, die ein Kind zur Welt bringen wird, in dem die Hoffnung liegt.

„Dieses Buch ist ein Denkmal aus Österreich", hat Stefan Zweig gesagt. Ich kann dem nur hinzufügen: „Kirbisch" ist ein großes Werk der Weltliteratur, getragen von Humor, Liebe und Humanität.

Felix Mitterer

Diesem Neudruck
liegt der 5. Band der historisch-kritischen Ausgabe
Anton Wildgans. Sämtliche Werke
hrsg. von Lilly Wildgans unter Mitwirkung von
Dr. Otto Rommel, Bellaria Vlg., Wien
und Anton Pustet, Salzburg, 1949
zugrunde

Die Deutsche Bibliothek – CIP-Einheitsaufnahme
Wildgans, Anton:
Kirbisch oder der Gendarm, die Schande und das Glück :
ein episches Gedicht / Anton Wildgans. –
Graz ; Wien ; Köln : Verl. Styria, 1995
ISBN 3-222-12278-4

Printed in Austria
Herstellung: Druck- und Verlagshaus Styria, Graz
Bindung: Buchbinderei Salzburg
ISBN 3-222-12278-4